Colecção Literatura de Macau

澳門基金會 FUNDAÇÃO MACAU　中华文学基金会

· 散 文 ·

拱廊与灵光：
澳门的120个美好角落

袁绍珊 / 著

作家出版社

总 序

值此“澳门文学丛书”出版之际，我不由想起1997年3月至2013年4月之间，对澳门的几次造访。在这几次访问中，从街边散步到社团座谈，从文化广场到大学讲堂，我遇见的文学创作者和爱好者越来越多，我置身于其中的文学气氛越来越浓，我被问及的各种各样的问题，也越来越集中于澳门文学的建设上来。这让我强烈地感觉到：澳门文学正在走向自觉，一个澳门人自己的文学时代即将到来。

事实确乎如此。包括诗歌、小说、散文、评论在内的“澳门文学丛书”，经过广泛征集、精心筛选，目前收纳了多达四十八部著作，暂分两批出版。这一批数量可观的文本，是文学对当代澳门的真情观照，是老中青三代写作人奋力开拓并自我证明的丰硕成果。由此，我们欣喜地发现，一块与澳门人语言、生命和精神紧密结合的文学高地，正一步一步地隆起。

在澳门，有一群为数不少的写作人，他们不慕荣利，不怕寂寞，在沉重的工作和生活的双重压力下，心甘情愿地挤出时间来，从事文学书写。这种纯业余的写作方式，完全是出于一种兴趣，一种热爱，一种诗意追求的精神需要。惟其如此，他们的笔触是自由的，体现着一种充分的主体性；他们的喜怒哀乐，他们对于社会人生和自身命运的思考，也是恳切的，流淌着一种发自肺腑的真诚。澳门众多的写作人，就这样从语言与生活的密切关联里，坚守着文学，坚持文学书写，使文学的重要性在心灵深处保持不变，使澳门文学的亮丽风景得以形成，从而表现了澳门人的自尊和自爱，真是弥足珍贵。这情形呼应着一个令人振奋的现实：在物欲喧嚣、拜金主义盛行的当下，在视听信息量极大的网络、多媒体面前，学问、智慧、理念、心胸、情操与文学的全部内涵，并没有被取代，即便是在博彩业特别兴旺发达的澳门小城。

文学是一个民族的精神花朵，一个民族的精神史；文学是一个民族的品位和素质，一个民族的乃至影响世界的智慧和胸襟。我们写作人要敢于看不起那些空心化、浅薄化、碎片化、一味搞笑、肆意恶搞、咋咋呼呼迎合起哄的所谓“作品”。在我们的心目中，应该有屈原、司马迁、陶渊明、李白、杜甫、王维、苏轼、辛弃疾、陆游、关汉卿、王实甫、汤显祖、曹雪芹、蒲松龄；应该有莎士比亚、歌德、雨果、巴尔扎克、普希金、托尔斯泰、陀思妥耶夫斯基、罗曼·罗兰、马尔克斯、艾略特、卡夫卡、乔伊斯、福克纳……他们才是我们写作人努力学习，并奋力追赶和超越的标杆。澳门文学成长的过程中，正不断地透露出这种勇气和追求，这让我对她的健康发展，充满了美好的期待。

毋庸讳言，澳门文学或许还存在着这样那样的不足，甚至或许还显得有些稚嫩，但正如鲁迅所说，幼稚并不可怕，不腐败就好。澳门的朋友——尤其年轻的朋友要沉得住气，静下心来，默默耕耘，日将月就，在持续的辛劳付出中，去实现走向世界的过程。从“澳门文学丛书”看，澳门文学生态状况优良，写作群体年龄层次均衡，各种文学样式齐头并进，各种风格流派不囿于一，传统性、开放性、本土性、杂糅性，将古今、中西、雅俗兼容并蓄，呈现出一种丰富多彩而又色彩各异的“鸡尾酒”式的文学景象，这在中华民族文学画卷中颇具代表性，是有特色、有生命力、可持续发展的文学。

这套作家出版社版的文学丛书，体现着一种对澳门文学的尊重、珍视和爱护，必将极大地鼓舞和推动澳门文学的发展。就小城而言，这是她回归祖国之后，文学收获的第一次较全面的总结和较集中的展示；从全国来看，这又是一个观赏的橱窗，内地写作人和读者可由此了解、认识澳门文学，澳门写作人也可以在更广远的时空里，听取物议，汲取营养，提高自信力和创造力。真应该感谢“澳门文学丛书”的策划者、编辑者和出版者，他们为澳门文学乃至中国文学建设，做了一件十分有意义的事。

是为序。

2014.6.6

目　录
CONTENTS

闲　逛

过　节

看　戏

远　眺

玩　物

杂　食

闲 逛

行走城市

我的高中世界史老师讲课总是时评与史论兼备，有次提及某欧洲小国暴政史，惯用生动教学法的她以一比喻作结："不切实际的施政就是，在澳门用巨资建地铁，第一站是关闸，下一站就是黑沙！"

八年前的天方夜谭居然应验。澳门在 2007 年通过了轻轨方案，宣布年内动工，预计 2013 年可正式启用，总投资约 42 亿澳门元。[①]

小时候最害怕就是下雨天上学，小孩子怎能挤得进没有上落秩序可言的巴士？幸好争先恐后的乘客总会好心让我先上车，所以从小对澳门交通网络印象颇佳。但自 2007 年，澳门人口剧增，我也从北京回澳工作，成为一名真正意义上的通勤者，每天眼看无数超载的巴士"飞站"而过，直至有好心的司机让我挨着后门上车；下班后看废气和大小车辆堵塞路面，还要不时提防蟑螂于座椅间穿梭。偶尔有朋友驾车载我外出，车子在目的地附近绕圈半小时无功而返更是平常事，在街上找到车位跟在地上捡到钱的几率没有两样。旅客想要了解真实的澳门民情民生，应该在早上的繁忙时段于北区车站等一趟巴士，

① 截至 2012 年，澳门轻轨造价已追加至约 143 亿澳门元；及至 2016 年，澳门政府再次调整造价估算，将澳氹两线分开，预计单是长 9.3 公里的氹仔线的造价为 110 亿元（计划 2019 年通车）。

很容易被市民吐之不尽的苦水淹没。

多伦多的地铁比纽约的简单很多，没有汽车很难走得远；北京也不是个适合行走的城市，半天不见过街天桥人行道，挤公交车如同投身杂技团。交通，是任何国际城市都要想方设法解决的难题。

尽管车多路窄，人山人海，澳门由始至终都追求缓慢。昂贵的碎石路和纵横交错的旧城小径形成的悠闲便捷，浑然天成的赛车险道所要求的小心低速，构成了这座城市宜于行走的特质，以致我常常王婆卖瓜地向外地朋友吹嘘，澳门是如假包换的背包客乐园。

我热爱现代化又方便实用的交通网络，不忍见四十多亿元建造的轻轨，将像在只有 90 米高的晨运圣地松山建缆车一样枉然（长度只有 186 米，堪称全球最短的观光缆车）。轻轨路线似乎以服务游客为主，其中 26 个站台皆非城市心脏地带，从路线到票价都不见得能改善平民百姓出行难的苦况。

既决定建轻轨了，在紧接着的交通黑暗期里，不如先有效改善巴士公司的服务和限制赌场接驳巴士数量。与此同时，我珍惜澳门作为“行走城市”的特质，多走路，尽可能脚踏实地去认识我的城市。

2009 年 3 月 5 日

情侣路与恋爱巷

近日有报道指，筹划多年的港珠澳大桥拟于珠海侧连接线设出入口，珠海的“情侣路”因此有望延伸来澳。不难看出珠澳融合的脚步越来越快了。

第一次注意到“情侣路”，我还在念初中，当时正好随同澳门某管乐团到珠海演出，除了嘈杂的剧院，不知何故还要去水上乐园演奏古典音乐给泳客听。回程时，导游说情侣路作为沿海长堤，是珠海人谈情说爱的胜地，正值青春期的大伙儿顿时金睛火眼，想一窥黄昏中情侣暧昧的身影。散步的人三三两两，气氛安稳绵长，乍看更像是老夫老妻的散步区。

大江大河的山光水色不是催情剂，横街窄巷的邂逅更曲折迷人。先是“后花园幽会”情结见诸中外古典文学，后有因缘际会的现代化都市艳遇。美剧《色欲都市》(Sex and the City)成功的主因，不是那四位花枝招展的半老徐娘，而是曼哈顿的五光十色。电影《日出之前》(Before Sunrise)和《日落之前》(Before Sunset)，男女主角闲逛于街头巷尾相接的维也纳和巴黎，城市的人、物成为不绝的话题和多变的风景。《花样年华》中的香港旧城，暧昧气氛靠的就是那半明半暗的街灯，以及有着无限可能的街角。以澳门为背景的《伊莎贝拉》，父女相称的男女主角，也忍不住在半夜的“恋爱巷”，催生出充满禁忌的爱慕。

大路上，人与人努力保持距离避免交集，巷子却成就四目交投的惊艳。澳门著名地标“恋爱巷”两旁是色调柔美的葡式建筑，沿小石阶抬头望去，便是充满历史感的大三巴牌坊。游客对“恋爱巷”的喜爱，不只是因为优越的地理位置，而是它的名字可塑性之高，足以构成千百则城市传说——相比大刀阔斧的现代化马路、天桥、海滨地段、冰冷的办公大楼，摩肩接踵错落有致的旧城，才是酝酿真爱的起点。

和邻近的大三巴、手信街相比，“恋爱巷”少了络绎的人潮及喧闹的叫卖声，多了份等待命运造访的不安与狂喜。无法轻言海阔天空、六根清净，真正的神迷是对万千世界视若无睹，眼中只有独一无二的你。

港珠澳大桥作为区域融合的象征，随之而来的庞大流动人口，会否造就越加脆弱的人际关系？还是让更多异地情缘经得起考验？当整座城市的巷子都成为谈情说爱的理想场景，面朝大海的开阔景观，好应留给失恋的人想想事情。

2009 年 5 月 9 日

没有蝉鸣的夏天

城市向来被喻为“石屎森林”，澳门高楼不多，勉强只能算作“石屎园林”，但澳门的蝉是令人难忘的。

小时候，二龙喉那个细小的动物园是我消磨夏天的地方。澳门至今既没有有趣的公园，也没有像样的动物园，要看海豚和熊猫，大家都先想到香港海洋公园；想看白老虎跳火圈，二话不说驱车前往广东的野生动物园。

我们这一代和下一代，都是先从课本、电视、动画上记住了动物的形象，学会了它们的中文写法和英文拼音，再于往后的人生中按图索骥。在烈日当空的市区公园晒太阳，或是到蛇虫遍地的郊区远足，已成不了澳门小孩的日常娱乐。每年秋季旅行，到黑沙海滩或石排湾郊野公园与蜜蜂一同野餐的成长经验，也越来越像天方夜谭。

我的母校是个背山面湖的风水宝地，在澳门寸金尺土的环境中有着令人羡慕的活动空间、天然绿化带和微型动植物园，园中还有三只无聊终日的猴子。后来有顽劣的学生拿一百元纸币逗它们，其中一只兴奋得一把抢来塞进嘴巴，名副其实“吞金”死了。

最令人印象难忘的，是母校后山那些大榕树上漆黑的蝉。蝉声之大，有时候甚至盖过老师讲课的声音，体育课的男老师喜欢为胆小的女学生出头，用排球打砸那些跳进操场的蝉儿，直到把它们完全击倒，再也叫不出声来。后来我有一阵子住在北京郊区，早晚听蝉叫得起劲。听久了，也不觉是种声音，直到它们一块儿静下，空间突然被腾空，又被黑夜瞬间充满。

澳门的空间不因填海造陆而宽阔，也不因蝉声消失而空旷，新创造的空间充满了丑陋的赌场和有色废气，建筑噪音的单调让人怀念大自然的热闹。

外地朋友问我：澳门人是否经常去赌博？他们的逻辑是，澳门那么小，文娱康乐设施那么有限，连百货公司也只有一间，很自然会用刺激的赌博以调剂单调乏味的生活。

我所理解的澳门生活，就是活生生的人对微小事物仍能见、闻、感、触。澳门的夏天是暴雨依然，闷热依然，但早已树倒、楼起、蝉散，那种回转不停的蝉鸣天籁，如今是很难给成长于冷气房的小孩形容了。

2009年7月16日

澳门，看得见的城市

澳门到底是怎样的一个地方？是不中不西，还是中西合璧？有人说，她像茶餐厅里的“鸳鸯”，奶茶与咖啡融合后，散发独特的韵味。其实澳门更像澳葡菜里的“葡国鸡”，杂中国、葡萄牙、非洲、印度等多种烹调特色于一炉；她的本土文化，就是多元文化的互动与就地取材的再创造。

以华人为主的澳门，曾是葡萄牙的殖民地和远东贸易区，渗透在大街小巷的中西文化特色并没有因岁月的流逝而有所减退。最为人熟悉的澳门电影《大辫子的诱惑》、香港电视剧《十月初五的月光》，或是电影《伊莎贝拉》里的澳门，街巷绵密，色彩斑斓，仿佛随便拐进某个街角，都是独特的历史时空；抚摸到的每一片粉墙石砖，都是尘封的文化沉淀。

本雅明（Walter Benjamin）谈及法国诗人波特莱尔（Charles Baudelaire）时说道：“他笔下的人群永远是大城市的人群，他笔下的巴黎永远人满为患。”这用以形容今日的“小城”澳门也并无不妥。像波特莱尔这种带着人文视角在街头行走，以观察体验新型都市生活底蕴的流浪人，就是本雅明所说的都市漫游者（Flâneur）。而加拿大著名作家玛莉·索德斯特罗（Mary Soderstrom）在 *The Walkable City* 一书中，也谈到城市建筑为人们生活所带来的变迁，并提倡以行走去重新认识四通八达的现代化都市，从而更具体地了解城市布局中隐藏的文化内涵。同样地，想认识澳门这座文化名城，还是要一步一脚印地漫游，你一旦深入了解这座城市的文化，定会感受到她与众不同的地方。

街与堂区的多元文化

广州是“省城”，香港被唤作“香港地”，人们则称澳门为“澳门街”。“澳门街”，得名于昔日商贸繁华的营地大街，久而久之，“街”便成了乡里间约定俗成的城市空间概念。地小，人口密度高，以及模仿欧洲小镇的独特城市规划，形成了人情味浓的街坊风情，也生发出和而不同的多元文化。澳门受天然地理和城建历史所限，不像许多现代化城市有宽阔的街道，错综复杂的地下城设计，但澳门高低起伏、巷弄交错的街道特色，交织成自由灵活、人情紧密的城市纹理，无论沿葡式碎石路蹓跶，还是到昔日的城墙遗址探幽，随时都有与多元文化相遇的惊喜。

“文化多元共存”的概念，在20世纪后半叶逐渐被认同和提倡。《多元文化主义》一书的作者沃特森（C.W.Watson）认为，多元文化主义的内涵的丰富性，源自其起源的复杂性。他指出，多元文化首先是一种文化观，它承认文化的多样性，承认文化之间的平等和相互影响。其次，多元文化主义是一种历史观，它关注民族和弱势群体，追求社会平等，强调历史经验的多元性。再者，多元文化主义是一种意识形态，其社会功能在于追求不同群体在文化和物质上的繁荣，以及人类本身的自由和尊严。

澳门的多元文化，从来不是纸上谈兵。如果你想弄清澳门多元文化的发展脉络，不妨先到位于澳门半岛西南端、守护着内港入口的妈阁庙看看。清末学者汪兆镛认为，葡萄牙人初入中国时，把商船停泊于妈阁庙附近水域，并称呼澳门为妈港（Macau）。从此，澳门由一个小渔村慢慢变成沟通中外的贸易港，妈阁庙的红墙背后那堆文人骚客的墨宝，正是浓重的港湾文化和妈祖文化的印记。但澳门人更习以为常的，似乎是坐落在新口岸填海区、由葡国雕塑师设计的背海观音，它既是那些自回归过渡时期开始、散落澳门各处的中葡友好纪念装置艺术的最后作品，也是澳门人包容多元文化的极致表现。

澳门于1576年成为远东最早的天主教教区，号称“天主圣名之城”，堂区的行政管理概念与城市规划，及其连带的生活文化，至今仍密不可分。整体而言，近代澳门是一个由众多教堂、广场、公共建筑构成的欧式小城，又充满中式聚落常见的“围”和“里”。从城市的小广场和街巷等典型的都市公共空间，到具有复杂纹理的城市景观设计，以及散落各处的混合风格住宅、商店、军事设施、菜市场、西式花园、中式园林，无不展现了南欧风情和岭南风貌。

在中区一带随意走走，琳琅满目的新古典式（Neo-Classic Style）、巴洛克风格（Baroque Style）和伊斯兰建筑风格（Islamic Style）的美瞬间映入眼帘。位于妈阁庙附近、带有阿拉伯建筑风格的港务局大楼，虽由意大利人设计，却为昔日入住的印巴及中东军人增添了一丝故乡的暖意。沿着有“万里长城”之称的斜坡向上走，便可看到郑观应故居，白色的高墙后就是《盛世危言》一书的诞生地。快步走过一小段马路，到昔日“基督城”（葡人在澳第一个聚居地）的亚婆井前地纳凉，看看依西望洋山而建的葡式住宅和后人所加的小水池。经高楼街往前走，圣若瑟修院圣堂和圣老楞佐堂的大门就在不远处，紧邻的慈幼中学，正是英国东印度公司的原址。如果从三巴仔横街往右折上夜呣斜巷，便是粉绿色的岗顶剧院，这里还有安静亲民的圣奥斯定教堂和何东图书馆，让你消磨一个悠然的下午。

从岗顶前地开始，就进入葡式碎石路的世界了。经东方斜巷往下走到新马路，旁边就是民政总署大楼，进出的市民不多，但里头的花园还有用泥丘标示着的、根据1494年《托德西利亚斯协议》划分的世界模型，足见葡萄牙人在大航海时代的雄心壮志。民政总署大楼对面的议事亭前地，左有三街会馆，右有洁白典雅的仁慈堂大楼和灰沉庄严的邮政局大楼，全是人来人往的公共场所。不远处的小高地，就是俗称“大堂”的澳门主教座堂，附近还有卢家大屋巍然静立巷中，富有特色的蚝壳窗掩不住当年卢氏家族的贵气，如今更多的是小食店的氤氲。出了大堂巷就是板樟堂前地，经过奶黄色的优雅的玫瑰堂再往前走，穿越游人如鲫的卖草地街，又回到了著名的大三巴牌坊。气势恢宏的大三巴牌坊，出自意大利斯皮诺拉神父的手笔，壁面的中文警诫语和日本传统的菊花图案，经历数百年风火至今依然清晰可见。右边是大炮台雄伟的身影，左边则紧贴着旧城墙遗址和哪吒庙。还有圣安多尼教堂、白鸽巢前地、东方基金会会址与基督教坟场在一角静穆伫立；东望洋炮台、灯塔和圣母雪地殿圣堂则屹立于东望洋山的山巅上，静看澳门的变迁。

澳门的异国情调有其复杂由来。在世界各地的建筑师、传教士、艺术家的共同创造下，这些殖民时期遗留下来的建筑并非对西洋文化的完全拷贝，它们同时带有东南亚和岭南建筑的特色，形成风格独特的历史和跨文化产物。除了中式瓦顶、中式构图的门窗装饰，许多葡式建筑也因应澳门的气候而保留回廊、通风百叶窗等，中式大宅也大量使用彩色玻璃、马赛克等西洋建筑手法，最终形成独树一帜的混杂建筑风格。

然而建筑、街巷不是文化的唯一存照，活在其中的人生百态，才是澳门文化的底蕴所在。平日经过行车缓慢的狭窄马路，很难想象它每逢十一月便华丽转身成格兰披治赛车跑道；新马路的熙来攘往，并置着曾为花街柳巷、如今洗尽铅华的福隆新街；专卖旧物的烂鬼楼和十月初五街的老铺，则是澳门人的回忆集散地。感受完下环街充沛的市井气息，可到内港细看古老渔具店的老板们、提督马路和沙梨头海边街的建材家具店的伙计埋头工作，还有进进出出那些尚待活化整治的工厂大厦的艺术工作者。最后当然少不了三盏灯面店的南洋气息、义字街小贩的人情冷暖，以及黑沙海滩旁的从容舒适。

废墟与新地里的沉思

著名文化学者李欧梵于2002年在《亚洲周刊》撰文，称澳门为“历史幽魂的栖息地”。他说，澳门可以称得上是香港的历史废墟，目前香港看不见的、想不到的仍然存在于澳门。香港到处是新建的“现代化”高楼，澳门却相对地到处是“废墟”，难得的是，澳门人对“废墟”的文化价值珍而重之。李教授口中的“废墟”，既是标志性的大三巴牌坊，也是签订《中美望厦条约》的普济禅院，也是国父孙中山的故居，以及饱经岁月洗礼的哪吒庙旁的那壁断墙。他说：“有了废墟，历史的幽魂才有栖息之所，在这一方面，澳门是一个永远让人眷恋的存在。”

的确，澳门开埠早期中葡相隔的城市规划、港口城市的交通特色，对应着商埠开放务实的聚落分布，以及绵密交错的空间设计，至今依然得到很大程度的保留。在这些横街窄巷之间，你随时随地就会和许多“中国之最”擦身而过——最早的天主教堂、最古老的西式炮台群、第一座现代化灯塔、第一座西式剧院、第一所西式大学、第一座西式医院等等。面对地理局限和时代挑战，澳门政府对历史建筑的保护可算高瞩远足，使得古老的教堂和中式庙宇楼房保存相对完好，这些城市景观已于 2005 年以“澳门历史城区”为名，进入联合国世界文化遗产名录，让澳门朝着“世界文化名城”的目标迈进了一大步。

但澳门不只是眷恋“废墟”，随着回归以来的经济腾飞，她也慢慢创造出自己的新天新地。澳门的城市文化，与其“以小搏大”的生存哲学和经济策略同气连枝。澳门人没有因为地小且位处边陲，而妄自菲薄；也没有因为赌权开放以后丰厚的博彩收益，而夜郎自大，不至于盲目追求现代化而淘汰掉特有的文化遗产和本土文化。一个世纪以来，澳门的陆地面积从十一多平方公里扩展至接近三十平方公里，博彩服务业遍地开花，大型轻轨也将改变澳门的交通和城规系统，新型都市建设正不停为城市注入活力。澳门的城市文化，一新一旧，一紧一松，历史的深沉与休闲娱乐的浮华，就像她的多元文化，互相辉映，各美其美。

看得见的文化启示

澳门中西文化和谐共融的普世意义，对比着美国哈佛大学教授亨廷顿（Samuel P.Huntington）的“文明冲突论”时尤其突出。亨廷顿认为，后冷战时期整个世界进入了“文明的冲突”时代，全球的政治格局将随着世界的各种文明的相互竞争而改变。

其实，文化的碰撞不一定意味着持久的冲突。澳门过去是远东跨文化交流互动的主要地带，四百多年来她给多元文化提供了自由发展的土壤，尤其在活生生的日常细节上，表现出让人叹为观止的文化气度。对比同一时期的中国内地诸多城市的排外、反教事件，澳门在诸如节日庆典、建筑文化精神、城市布局设计、宗教传播、饮食融合等方面，都体现出惊人的忍耐力和包容度。

澳门华人秉承岭南一带淳朴、善良、中庸、平和的性格，兼有移民社会的开放、宽容，但由于华人与葡人间语言不通，生活文化圈子明显不同，又各自有很强的族群认同心态，因此多年来也的确存在一种各不相干的平行文化现象。但随着澳门回归，赌权开放，经济前景大好，葡人纷纷到澳门寻找机遇，使中葡文化在澳门的融合过程更为平等、互敬、友善；大量外资涌入，也带来更多的国际经验和新视野，让澳门人在面对全球化挑战时，更重视本土文化的延续和发展。

无论是族群文化的整合，还是民族之间的交流，过程都必然是互动而非单向。从文化交流的过程来看，儒家实用主义与西方教会文化在这里共生共处；从文化融合的结果来看，具有地域意识的澳门本土文化繁荣发展，同时吸收了南欧、东南亚、印度及非洲等地的文化特色；这两方面在澳门的城市文化中均得到具体的呈现。学者刘然玲回顾 16 至 19 世纪澳门文化的嬗变时指出，澳门文化的最终生成物，是岭南地方文化、儒家文化和西方文化等的综合体，再加上来自东南亚的区域文化作为补充。以汉文化为代表的中华文化，和以葡萄牙文化为代表的西方文化，两者的对话和交流始终是澳门文化发展脉络的主线。然而，文化不是铁板一块，随着互联网的普及和全球化的加剧，穿梭于这些小街小巷的澳门人早已不是纯粹的中葡文化混合物，内地、港台文化，以及欧、美、日、韩等地的文化，已经改变了他们衣食住行的方式和品味；而 21 世纪的澳门文化正在不断被新生的文化所补充，继而演变出更难以定型的文化底蕴。

总而言之，澳门多元并存的平和、包容之气，自有其复杂的历史文化渊源。只有落实到最具体的城市生活场景之中，她的历史记忆才会细腻绵长，她的文化意义才越加深远。

2009年11月24日

蜗居

我喜欢看日语真人秀《全能住宅改造王》，看日本旧式住宅被专家大翻新之余，最有意思还是欣赏日本人近乎与生俱来的收纳本领，如何在极有限的空间里发挥得淋漓尽致。住宅设计的电视节目和生活息息相关，一向不乏捧场客，但连幅员广阔的内地，民众也面临住房困难，电视剧《蜗居》的热播热议，适逢其时。

从小看太多《七十二家房客》《笼民》一类的港产片，早就知道在港澳置业是遥不可及的事，加上长年在外地租房住，充分体验没有房子的辛酸。虽说澳门实行的是“一国两制”，《蜗居》中房子至上的国情，许多澳门的年轻“房奴”也很心领神会，网上甚至悄悄流行起一首由《七子之歌》改编的《八十后蜗居之歌》来。随着经济急速发展，澳门十年来的住宅楼价急速上升，经屋和社屋的建成日遥遥无期，置业困难已成了不少“八零后”成家前的顾虑。当许多内地人陆续以投资移民的方式来澳，越来越多澳人反过来选择到珠海跨境置业；即使不能二十四小时通关，宁愿回家的路远一点，总比一辈子背着一间房子来得惬意划算。

港澳地区很少人买得起独立屋（house），也暂时没有条件发展出北美那种充满高尚住宅的郊区（suburb），我到加拿大时很想住独立屋，因为一房租金较便宜，结果还是误打误撞住上了公寓（apartment）——毕竟上学还是方便些，住独立屋的同学虽然得享便宜租金和较大空间，但单是通勤就每天花去两小时的宝贵光阴。弹丸之地的澳门，相对没有太多上学上班的地理考虑。朋友说最近有不谙澳门民情的香港地产商，吹嘘其在高士德的公寓楼盘“地处名校网”。“地处名校网”所言非虚（附近的确有两间），只是澳门不像香港那样统一分派学位，加上地小，通勤距离远比香港短，没有必要为了方便上学而住在人口密度极高的旧区。家在名校旁，不见得会突然多了入学机会或书卷气，无孔不入的博彩公司，却不免增添小区的贪逸气息。或许在不久的将来，“远离博彩区”会是澳门楼盘的卖点，就像没有赌场的酒店一样奇货可居。

拥有一间房子，不代表就拥有一个家。买一间像样的房子也许要十多年的努力，建一个家却需要几代的经营。许多澳门的“八零后”不明白香港的“八零后”，为甚么在经济发展面前还执着于本土保育和家园情结，不明白一个农村为何比“高铁项目”来得重要。因为“八零后”的澳门人忙于应对前所未有的经济压力，忙于迎接四百年一遇的都市盛世，忙于把两个离岛变成石屎森林，每天翘首以待新填海地浮出水面。

贪新忘旧？只能说填海造地是澳门人赖以生存的狠心基因。澳门人在开天辟地的造陆经验中，早就明白居所不是蜗牛壳般与生俱来，而是像寄居蟹般，不断向大自然进行索取和占据——哪怕只为了一小片立足之地，只为了一间小小的蜗居。

2010年1月20日

走在新马路上

翻开报纸一看，不知不觉，澳门人口已达54万。人多了车也多了，但马路还是窄窄的马路，没有大道，也没有大街。

马路在古代，顾名思义是真的给马车通行，到了现代固然是人车争路。据说当年上海的滩边路不够阔，南京路也是给洋人跑马跑出来的。为了世博，上海市政府对外滩做了道路整治和扩阔工程，以迎接数量庞大的访客，应对不容小觑的交通压力。

论热闹，五一劳动节的澳门不比上海世博逊色，人山人海之余还有点草木皆兵的况味，街头除了充斥自由行旅客，还有示威游行的民众。游行人士想把路线临时改到新马路但被警方阻止，引起群众鼓噪，警方最后出动胡椒喷雾和水炮驱散示威者，和平示威最后演变成警民冲突。

位处市中心的新马路，长期以来是澳门政治和经济的心脏。连接南湾和内港的“新马路”是“别名”，又长又拗口的“亚美打利庇卢大马路”才是正名。新马路早就不新了，但由于两旁固守着低矮又具历史价值的葡式建筑，马路无法再扩阔，便换来了节假日公共交通专道的新措施。

从前的新马路，各式车辆穿梭其中，白领、学生、游客或路人则在两边的“骑楼”下摩肩接踵，偶尔还有上下班的蓝领骑着单车进出，三轮车夫载着游客沿途慢驶观光，乞丐在路上卖唱讨生活，对社会不满者在广场上展示他们的横额和诉求。

如今游客充斥，乞丐被逐，示威的人进不去，两旁商店所售的全是高级珠宝，新马路变得更整齐、划一、拥挤……这是社会的进步还是退步呢？

从马车、蒸汽火车、电车、汽车、地铁、轻轨、高铁，到近年环保充电车的推广，单车和步行的重新被提倡，道路的定义和使用方式不断被改写，它联系着民生经济，还能从中照见社会的分层。在日新月异的澳门，我不禁疑惑，到底甚么样的城市，能让生活更美好？是穿行无阻的城市比较宜居，还是泾渭分明、铜墙铁壁的城市更为安全？五十年后，甚么东西方可走在新马路上？或者更悲观地问：五十年后，会不会因为城市扩张发展或区域融合，连新马路都不存在了？

2010 年 5 月 11 日

二龙喉访黑熊

趁着午饭的空当，到二龙喉公园散步。听说，黑熊最近又出没了。

据《香山县志》记载："澳门有泉，曰大龙喉，曰二龙喉，曰小龙喉，俱在东望洋寺右。"小时候，我爸常常把我和哥哥"放养"在二龙喉公园玩耍，门口两个龙头所吐的，早已不是山泉水而是自来水了。二龙喉公园背靠松山，有大花园和一个小型动物园，没有池塘只有小水池的设计，让大人很放心。

二龙喉的动物园虽小，但在石排湾郊野公园和澳门熊猫馆出现之前，它一直是澳门唯一的动物园，是澳门人的集体回忆。这里的动物种类贵精不贵多，有合家欢的孔雀，连黑叶猴这种世上只存一千多只的珍稀动物也有一对，但镇园之宝却是关在小笼子里的大黑熊。

从小对二龙喉公园没有甚么好感，一是入口两侧的动物造型园艺太逼真吓人，二是动物园的环境很糟糕。这里放任无为的管理，赤裸地呈现了动物园野蛮的本质。黑熊整天在又小又脏的笼子里横冲直撞，活像电影里被无辜生擒到城市展示的King Kong；人们乐此不倦地拿各种各样的食物喂它、丢它，亢奋程度不下于看拳击赛。虽说动物园的动物都无一幸免地成了都市人单调生活的点缀，但当熊猫在恒温的室内舒舒服服吃着四川空运来的新鲜竹叶时，黑熊却依然是一头悲情的黑熊。

要比坏，总有更坏更不人道的动物园，二龙喉公园的黑熊起码不用跳火圈娱宾，也不会有一大班专家严格监控其饮食或交配。近来娱乐设施和新的动物园多了，除了每天来晨运的公公婆婆，或者午休时段来晃荡的中小学生，二龙喉公园的游人十分稀疏，不像熊猫馆一天上千人来来往往；更重要的是，没有人粗暴地拿一条铁管要取它的胆汁——阿Q一点儿想的话，澳门黑熊的生存环境还不算太坏。

在很长一段时间里，人们都以为二龙喉公园的黑熊已死，它的存在成了澳门其中一个城市传说。这只雄性黑熊没有官方名字，大家私底下都叫它Bobo。坊间流传的版本是，1984年某天，小黑熊Bobo原是福隆新街某饭店的野味食材，幸而有洋人举报，最后它被市政厅人员救出，逃过一劫，从此落户澳门。二龙喉的饲养人员由于没有受过饲熊专业训练，初时煮饭加鸡蛋牛肉喂食，后来到广州动物园考察后才有些概念。政府还担心它寂寞独居，曾送它一个伴侣，可惜那只雌熊活得不长，并没有留下一儿半女；黑熊毕竟又不是动物界的明星，没有人气，政府也懒得为它续弦。此后，Bobo一直过着单身生活。

我去公园时没看见Bobo，听说它除了吃饭时间外，避世避得彻底。公园人员已把Bobo安置到露天的低地，再没有牢房般黑黑的铁笼，高墙上有洞，洞外是供活动的平台，与游人的观赏台隔着小水池。在地价高昂的澳门，Bobo的家绝对是豪宅级数；然而它的缺席，显得一切的宽阔都是加倍的孤寂。在人口密度世界第一的澳门，人或动物，经常讽刺地活得比森林里寂寞，幸好还有一个介绍牌恰如其分地在旁解画：黑熊，生性喜爱独来独往。

2011年3月7日

凤凰花开

这半年常常在公园走路，渐渐学会了看花草辨时节。五月末，木棉花神秘的棉絮还未飘尽，办公室窗外那棵翠绿的凤凰木竟一夜转红，树冠开出一伞火花，像极新娘龙凤褂上的暗花刺绣。

凤凰木并非澳门特有。清代中叶，葡国海员把凤凰木从马六甲引进澳门，又逐渐移植至闽粤两省及南中国沿海地区。凤凰木早年在澳门主要作为绿化树种，现在则成了厦门、汕头和台南市的市花，那些地区甚至不时举办“凤凰花旅游节”。可惜澳门的凤凰木已剩不多，官方和民间的兴致都落在脱俗的荷花仙子身上，把这些“火红的女郎”都给忘了。

郭沫若在他那首歌颂“大跃进”的《百花诗》中有《凤凰花》一节：“我们是大乔木，原名叫攀霞拿，／种在澳门凤凰山上，故名凤凰花。／干和叶都像马缨花而比他更大，／花枝满头，周年开放，高攀着云霞。／花冠五瓣，面红背黄，凑集在一团，／结成长条荚果，每超过一尺有半。／清晨迎风畅开，花落后色不凋残，／你看，天上地下真个是绯红一片。”《凤凰花》媚俗，和当年《凤凰涅槃》天问式的激情相去甚远，缺了文采就得补上学识，看得出郭沫若下笔前是做了点植物学的功课。

“澳门凤凰山”到底在哪里？若到街上问路，花一整天也可能问不出个所以然来。白鸽巢公园的小山岗，清代称“凤凰山”，当年山上遍植的凤凰木高入云天，故得名。除了白鸽巢公园，这月份若到西湾湖、妈阁庙前地、二龙喉公园一带散步，应该也是落红一片。凤凰木需要充足的阳光方能茂盛生长，随着澳门城市的急速发展，生长空间日益狭小，加上花瓣细碎打扫不易，路上已不多见。却不妨碍有些学校以凤凰木做寒暑表，当那“火海”出现，也就是学生们修炼完毕准备唱骊歌的时节了。

我办公室窗外那棵凤凰木因倚着坟场外围，附近无高楼大厦故得见天日，显出一派“红树出墙”的娇媚景致。虽不至于“高攀着云霞”，但的确每年花开满枝，像红颜知己准时赴约般，看得人心旷神怡。

2011 年 6 月 9 日

问路的哲学

澳门旧区长年饱受水浸之苦，政府最近终于决心整治，分阶段重铺高士德地下水道。未见成效，先见交通挤塞，连行车方向也改了。怕市民不辨方向乱过马路，沿途竖了几个指示牌写着“请往右看”、“请往左看”，像香港的斑马线上常常有白漆写着“望左”、“望右”的大字。

前阵子和一群澳门人到北京工作几天，工余时间到外头逛逛。在北京出门，先要摸清东南西北哪个门哪一环最顺路，车子往哪个方向走比较不堵；无论打电话还是在街头问路，对方回答的都是方向坐标。团中十有八九是典型的澳门人，在路上不辨东西南北，太阳的方位对他们没有参考意义。我在北京待了几年，也只略懂一二。

澳门地小，不似台北把路的第几段第几号标示清晰；也不像纽约曼哈顿，人路东西分明，编号井然有序；更不同于“环环相扣”、有皇城大气的北京。澳门的市中心不在地理位置上的中央，整个城市没有明确的参考地标，杂乱中自成体系，以旧区尤甚，颇有欧洲小镇的古风，到处皆是石板街、小巷弄，左穿右插，快捷小径之多，实在难以尽录。当你穿梭在低矮的唐楼之间，或在茂密的天线电线所包围的阴暗空间中，大胆拐进几个看似死胡同的转角，往往别有洞天，豁然开朗，一下子就从一区到了风景迥异的另一区。

我每次向澳门人问路（是的，土生土长的我确实对澳门的旧区很不熟），人家先跟我说出一段大马路的名字，再说出标志性的建筑（通常是食店，其次是银行、政府部门），你面向着甚么地方，看见红邮筒或一棵大树，然后往左或往右走；若再问仔细一点，就回答说要走几个街口、几个红绿灯、几条斑马线、几分钟之类。若是有人给出“往北走50米”一类的回答，警察先生不妨查一下他是否有澳门身份证；若我主动问：“是要往南走20米吗？”对方也一定翻白眼翻上天：“澳门街就一条街大小，说甚么东南西北？”

地域差异也反映在对时空的感知上。如果澳门人跟你说，要走很远才到呢，往往是十分钟不到的路程；要是北京人跟你说，很近，不远，常常一走就是一个小时。幸好有了智能手机和GPS定位功能，问路变得没以往那么艰巨。

澳门人真的不辨东西吗？也不尽然。不就有北区中区、南湾西湾之分吗？就算是，不辨东西也不是罪，它不代表这个城市的人不会求生、不会看地图或没有世界观。文化和生活上用不着的东西，自然会被淘汰掉，这种绘影绘声的指路方法被沿用下来，显然有它的原因和逻辑，反而突显小城的可爱可亲和凌乱美。问路大有学问，居民是否对我城了如指掌，是否乐于为路人指点迷津，询问和回答的方式接不接地气，正正反映出一座城的底蕴。

2011年7月13日

自来动物

住在公寓的人，常希望大隐隐于市，人和动物，最好老死不相往来。

入夜，城市的主题曲由电视声交织，狗吠声则是大鼓节拍。乍看一只蜻蜓伫立露台花草之上，一恁风雨拉扯，不肯入内。

动物已离这座城市很远很远了。北美地区常见松鼠、灰鸽满街乱钻，在郊区，还不时有淘气的浣熊来敲窗。现在的澳门人已没有这种惊喜的福分，若松山跑下一只野猪，恐怕它还未演完“刘姥姥进大观园”这场戏，就给马路上横冲直撞的出租车放倒了，只能梦回山林。

对于动物，我家仿佛有一种磁场。六岁时某个星期天早上，我神不守舍地洗了碗，提起垃圾袋出门扔垃圾去，甫开门，一只强壮的大白兔和我四目交投，它吃了一惊，我既惊且喜，丢下垃圾在狭窄的楼道穷追它。白兔跑得极快，但被我逼入穷巷，无处可逃，除非此时有其他住户开一方便之门，或是我良心大发网开一面。退到尽处，它先发制人，像一个强劲射球朝我狂奔，我没有徒手捉动物的经验和胆色，平日连蚊子也不敢用手拍死，只好落荒而逃。

晚上，大人居然提着白兔回家，说这只“自来兔”在楼道慌张地穿梭良久。“我们先收留它吧！”马上拿了大纸箱挖几个洞，把它当成小狗养着，大人小孩完全没动过要吃它的念头，可是白兔惶惶不可终日，不食周粟，几天后双眼通红，全身长满小红点。

那时候我和学校里的女生们都合不来，友伴只有一个同样落单的中葡混血小男生，他精致而带彩光的眼睛，还真和那兔子有几分相像。母亲见他天天用看兔的借口来我家，索性借花敬佛，把“病兔”说成“自来福兔”，转送给这个粗眉深眼窝的小男生开运，他竟也欢天喜地，或以为我会因此想去他家玩耍。

那兔子活不到两星期就投胎去了。我没怪他把白兔养死，倒是他有点自责，没多久他也突然转学去，和那只白兔一样，从此在我的生命中消失。我家后来也常常有鸟儿自投罗网或借势筑巢，但都比不上这“自来兔”教人印象深刻。

我的母校一向有让初中生在生物课解剖白兔的传统，每到那个时候，总会有女生看着解剖台上那只昏迷的白兔哭成泪人。我在开学那天就为此做了心理准备，与其看着实验用的小白兔被男生们折磨至死，我倒是愿意给它一个痛快的了结——如果时光可以倒流，我会带那只“自来兔”去小潭山放生。直至那一刻我才明白，自来动物求的不是庇护，而是一个休息站；人类要做的不过是让它储足力气以奔向自由，那不是甚么天降横财，而是一期一会的缘分。

千里迢迢到外地的草原喂绵羊，到动物园喂草泥马，到奈良喂鹿，到森林喂猴子，却对家门前的自来动物赶尽杀绝，都市人其实还没有学懂怎样跟动物相处。若要描述我对澳门城市化的感觉，就是自来动物明显减少，偏偏老鼠蟑螂不绝于途；若要描绘小时候我眼中的中葡关系，大三巴脚下那一男一女的中葡友谊雕像恐怕还不够真实——赠人鲜花手有余香，赠人白兔，是明白万物皆是生命中的过客，没有永恒的占有主宰，甚至不够时间彼此驯养。

2011 年 10 月 13 日

活的历史书

文化遗产与旅游产业互相配套的结果，是澳门越来越博物馆化。民办的博物馆虽然未成气候，官办的小型博物馆、纪念馆、名人故居、文化馆却越开越多。

活在一个露天博物馆，听起来是件好事，但也有历史叙述单一化的可能，像“澳门是中西文化和谐交汇之地”这类套话，几乎已成为澳门各类型展览的官腔修辞，甚至是自我审查的标准了。殖民者与被殖民者的爱恨情仇在回归前欲语还休，回归后，老澳门前事不计，后来的新移民也不晓得来龙去脉。年轻一辈对上世纪的事情一无所知，因为学校不教，老师不说，传媒不探究，家人不想重提辛酸，近代澳门史的专家学者，也没打算研究这些殖民时代升斗市民的恩怨。

外国的教育工作者提倡带学生到博物馆上课，好让学习历史显得不那么沉闷，让教科书上的文物更加真实可感。澳门即使不推行全城博物馆化的文化政策，但其实到处都是“活化石”，偶尔在百无聊赖的食店碰上一两个“老澳门”，打开了他们的话匣子便仿佛打开了“潘多拉盒子”，一段段精彩非常、血泪交织的口述历史，随即原汁原味免费送上。一件往事勾起另一件往事，你一言我一语的真人真事群口相声，比市面上任何一部澳门史更有血有肉有温度。

广东地区有“榕树头讲古”的传统，但澳门的榕树头早已让路给都市化建筑，议事、闲聊、讲古的阵地，自然而然换成了冰室、茶餐厅和小吃店。有次在卢廉若公园附近随意踱入一间格局极小的粥店，等吃之际，瞥见墙上贴着几张旧相片，一问，店主是老澳门。话匣子开了就关不上，店主主动从“一二·三事件”讲起，忆及当年澳门禁演陈宝珠电影、林茂塘火灾等等，可见往事并不如烟，连面前那碗稀粥都变得百味杂陈了。

文化遗产和博彩是澳门的卖点，有人嫌前者深奥难懂，嫌后者拜金肤浅，偏偏澳门的美食大小通吃，吸引各国饕客前来朝圣，加上近年香港饮食节目的推波助澜，港人对澳门的地道小吃早已了然于心，每逢假期便蜂拥而至。若要了解澳门中西文化交流的“另一种真实”，想领略澳门的闲适和人情味，除了去博物馆，不妨到这些名不见经传的小店吃一个简餐，运气好的话还有历史掌故可听。虽说酒肉穿肠过，但故事还是心中留的。

2011 年 11 月 15 日

窗外好风景

电视剧有一个常用桥段，主角从自家窗户偷看对面的邻居，演绎可望而不可即的暗恋。希治阁（希区柯克）电影《后窗》那种明目张胆用望远镜对准近邻的窥看，是无聊、变态和八卦，港澳式的观看则近似生活迫人——旧式楼宇距离太近，不只消息互通，甚至可伸手传物。粤语“隔离屋饭香”形容贪心不知足，也说明邻里之亲密，母亲一句“只顾看电视，小心夹错隔壁家的餸菜”！更是入木三分。

港澳的罗密欧与朱丽叶们没有欧式阳台以供谈情、纽约式走火梯以供密会，窗户就是他们最实在的爱情道具。念大学的时候看过一部中国老电影，名字已经忘了，只记得住楼上楼下的男女主角偶尔开窗打个照面闲聊几句，久而久之竟开始“投桃报李”的社交活动——你扔下一个蜜桃，我抛给你一个雪梨。一抛一扔之间，双方只隔着个小小的天井，又惊险又甜蜜又纯真，暗喻爱情脆弱却又奋不顾身。这种纯情在澳门早就粉身碎骨了。

再绵密的人情，也少不了防人之心，铁笼和铝制窗花于是在港澳唐楼遍地开花，有了它，衣裳可以靠晾衣竹外挂，半夜亦能开窗安睡。窗户的设计也因此有一番讲究。看官若到市中心的卢家大屋，便可见由澳门盛产的蚝壳打磨加工而成的蚝壳窗，以及彩色半圆形玻璃窗，造型雅致，还兼有遮阳之用。葡式建筑特别爱用南方常见的外推式百叶窗，采光、遮阳效果更佳，也让空气更流通。可见窗户的形式不仅反映生存智慧、在地日常，也呈现出物料之进步及审美的集体倾向。

现时澳门楼宇的窗户设计，也倾向使用外推式而非横拉式。推窗的坏处，不是不防蚊，而是坠物，特别是老旧锈化的窗户，有时用力过猛就会飞坠。有一年刮起十号台风，家中厨房老化掉的玻璃窗开关咬不紧，半夜竟被强风掳走，玻璃从高空掷下碎了一地，幸好没伤及途人。醒来看到空空的窗框，尽是说不出的懊恼与丢脸。

左右横拉的纱窗防蚊虫，北方人和台湾人都爱用，反而在广东和港澳地区，装纱窗的住宅还属少数。港澳是湿热之地，但蚊帐、蚊香这些老土的东西都留在了乡间，怕蚊的人只好开冷气，我喜欢半掩窗户吹自然风，因此常常半夜被逼和蚊子玩躲猫猫游戏。

近年澳门的豪宅多了，供观赏美景用、采光良好、近乎密封的玻璃幕墙越来越流行。每日在透明密封的写字楼上班，下班回家也对着落地玻璃，我问新居入伙的朋友：不怕不透气？朋友说更怕街上的灰尘味。

2012 年 2 月 21 日

潮湿的恒常状态

多年前曾写过一首诗叫《沼泽状态》，其时正准备从潮湿的澳门返回干燥的北京——“湿气如此之重 / 那是一场多年的雨 / 在我们的心中一直下 / 以致藤蔓成了这里唯一上升的东西 / 其成长速度 / 慢慢超越了我们 / 变成世界的绝大部分”。诗的重点不是描写湿气，而是沉沦的状态。

正常人很难爱上北京的夏天，阳光太毒，马路太阔没遮阴，冷气开放的地方不多（而且强度普遍不够），住在晚上十一时后便断电的宿舍更是煎熬。但春天极好，既暖和，也不潮湿。

澳门不是四季分明的城市，湿气终年不散。夏天又湿又热，但胜在阳光充沛有暑假，而且到处都有冷气，常常吹得人皮肤绷紧，稍一不慎便着凉生病。冬天最难熬，又湿又没暖气，常有阴雨，偶尔冷彻入骨。秋天空气清凉，算是一年中最干爽的时候。春天让人又爱又恨，因有春假，且意味着夏天不远矣，但湿度常达百分之百，墙壁地板皆渗出水珠，简直活在一个水世界。

三月走进有管理处的大楼，大理石地板总脏得像被踏了好几天的雪地，即使管理员贴心地将红地毯纸皮一路铺送至电梯口，总有照顾不了的地方——穿着平底鞋，慢慢走出电梯踏上瓷砖，还是很容易滑跤，但比起春天一来就湿疹发作的朋友们，我幸运多了。

受够了冬天的寒冷和肃穆的人，自然更热烈投入春天的怀抱，北京、韩国、日本、台湾等地都有可供赏樱的地方，却很少听说谁一家大小专程到澳门的山头或公园赏花野餐。澳门的花林花径虽然乏善可陈，但想要在这个充满欧陆风情的旅游城市看到花，也不是特别困难，街头的灯柱一年四季都挂着花卉小盆栽，强化这座城的浪漫。

春回大地万物更新，在北京是一种文学修辞，在澳门是一大烦恼事。看着窗台的枯枝抽芽芦荟开花，固然喜悦感恩，眼见所有木质皮质的家具发霉长菌，最是感到大自然的厉害和南方人的无奈。很长一段时间我都很抗拒抽湿机，觉得皮包、皮鞋、皮带、皮衣、毛巾、木盒、木扇、竹筷、洋葱、番薯等要长绿霉白菌皆是天命，洗好的衣服要是老天爷一星期不让它干，自有它的道理。但对自己的藏书就不那么豁达了，该放木炭抽湿包的地方还是不敢少放。

若问我最爱的季节，我还是会毫不犹疑地回答说：“夏天。”尤其经历可以在空气中徒手扭出水滴的春天之后，哪个正常人不喜爱夏天的澳门？

2012年3月21日

爱都酒店前随想

站在爱都酒店的斑马线前的途人，总会不期然看看手表。

爱都酒店已经空置多年，但那条士多鸟拜斯马路的两旁，林立着中小学、公园、广场、图书馆、体育馆、展览馆、卫生中心、青少年活动中心、政府部门，那些赶上课的学生、赶上班的公务员、焦急的病人和准备晨运的老人，总是在繁忙时段看着车水马龙，市虎来势汹汹。偶尔，可见穿橙衣的交通辅助人员吹银哨警告乱过马路的行人，却不见半个在斑马线前用力踩油门的司机被检控。

车辆不礼让行人的恶习，不是爱都酒店前独有，更非澳门所独有，人口密集之地如越南、印度、北京、广东等，人车争路都是城市的特色景观。但在一桥之隔的离岛，情况则大为改善——不是因为高度文明或民风淳朴，皆因交通考试路线集中此地，“学神们”极易栽在“不礼让斑马线上行人”这项大条。考驾照的时候，大家总是缓慢、有礼，像个循规蹈矩的小学生，但过了海就是神仙，老师的话可以选择性遗忘。

在这个以慢节奏闻名的城市，令人不禁怀疑司机们“赶时间”根本不是重点，而是一种报复行人的心理。别忘了这也是一个讲求随机应变的后殖民城市，礼让行人不是文明不文明的问题，而是被视为“戇居”（傻）、“唔醒目”（不机灵）、“蚀底”（吃亏）、驾车技术不足、没有江湖智慧。说到底，是人为我为，宁可我负天下人的集体意识作祟。

中学时有同窗到加拿大短期留学，回来说外国除了雪下得够多，就是行人的胆子够大——“澳门是人怕车，那里是车怕人呢！闭着眼走路都可以！”言谈间颇有五四时期留洋知识分子评论国人陋习的口吻。后来我到了加拿大生活，证实同学所言并非百分百真确，但驾驶者逢斑马线必让行人是常有的，大步走在路上，少有人如蝼蚁的命贱感。所以每当读到内地旅客夸赞澳门司机何等礼让行人的文章，只是让我更确信平行宇宙的存在。

曾几何时，澳门也给过我可以大步走路的安稳感。因为路窄，普遍只能单线单程或双线双程行车，车子大多头贴屁股乖乖地一辆跟着一辆，不会有太多刺激的超车情况，没甚用武之地的名贵跑车也是稀物。过马路很安心，按的是儿时游戏“红绿灯”的规则——红灯停绿灯走，绝对没有大城市那种行人绿灯亮了，还要当心有车徐徐转弯而来这回事。美中不足的，是交通灯设计对视障人士不甚体贴，但也因而没有香港街头那种让人神经紧张的绿灯倒数声如影随形。

曾几何时，澳门的斑马线还算宽阔，但现在停在斑马线上的车越来越多，仅剩夹缝供人穿梭；曾几何时，我们可以单凭呼啸而过的引擎声，准确判断那是粤澳两地牌的轿车或求财心切的的士，但现在已分不出来了。

2012 年 4 月 26 日

衣食住行

——近五年目睹之新现象

上星期牛房仓库有一个名为“自由行不行”的多媒体艺术展览开幕，集合了三十多位创作者对同一命题的不同理解，记录了彼此相同又相异的生活状态和情感片段，我也做了一件名为《外销》的小型装置作品参展。

展览所呈现的那个分崩离析的澳门，是拿着万花筒的游客看到的缤纷澳门，也是枝节横生、温水煮蛙、衣食住行不断改变中的澳门。

衣

◎店铺所售的衣服尺寸普遍偏大，商家说是为了迁就内地旅客（尤其北方人）的壮硕身形。高级商店店员开始以普通话服务客人，并视衣着普通的普通话客人不再普通。

◎澳人购物皆言淘宝，乐于北上珠海取货。

食

◎大部分食肆皆人满为患。小型食店常张贴缩短营业时间或结业的告示，皆因人力资源不足。除传统粤菜酒楼外，中级以上的餐厅往往需用英语或普通话点菜。

◎北方菜系、川菜、台式和韩式餐厅在新口岸赌场区渐增，可见自由行旅客来源之复杂。

◎市面的自助餐和日式“放题”之多，口腹得以随时充实，“弥补”旅客在赌场输钱、澳门人对通货膨胀食品价格急升之心理缺失。

住

◎大量小店兼营地产代理生意，足见楼市之畅旺，但楼盘广告上的数字银码，让大多数路人望门轻叹。

◎越来越多超高楼在旧区拔地而起。豪宅和经济房屋并排而建，反映澳门人和谐共处的特质，以及土地资源分配之畸形发展。

行

◎粤澳两地牌遍地皆是，左軚车增多。对两地牌或一地牌的司机来说，斑马线形同虚设。

◎的士异常稀缺。的士司机在找零钱时，大多自动扣起一元五毛，部分更巧立名目（如搬行李费服务费）或漫天开价滥收车资。

◎公共巴士人满为患，多了粤语、葡语、普通话及英语报站广播，增加三文四语学习时间。乘客皆死守双人座位中靠通道的一侧而坐。

◎在原本已极狭窄的小路上三三两两并肩徐行的游人颇多，他们假期中的慢节奏提醒不耐烦的澳门人，这座城市的节奏真的变快了。人心也浮躁了。

以上只是一鳞半爪地描绘近五年在澳门目睹之新现象。称新不称怪，因为活在这个滨海城市和博彩之都的人，总有一股外地少见的沉默、淡然与笃定，习惯了大浪淘沙，习惯了逆来顺受，习惯了见怪不怪。人们对“怪事”往往带有偏见，唯独对“新事”，总有一种不辨善恶的信心、期盼和天真，哪怕它们深深地影响着日复日的衣食住行。

2012 年 5 月 22 日

爱的鼓励

长居加拿大的单身好友O回澳放暑假，时差还未调过来，马上被我和刚订婚的L拉去看电影吃晚饭。姐妹淘每次见面，都恍如隔世，例牌要交代一下彼此的城市、恋情和事业的最新发展。

晚饭弥漫着葡式烧乳猪和加拿大冰酒的香气，以及一股难以言传的喜悦，大家聊的不过是买房子过聘礼拍婚照订酒席度蜜月这些琐碎复杂的信息。好几个男生分享完他们的高科技求婚把戏，竟不约而同细数着澳门的好——地小、交通便利、福利好、免费教育、失业率低、政府每年派钱等等，这样的小城可以让他们安居乐业、瓜瓞绵延。这是澳门男生特有的贴心，女生不开口，也坚持结婚要先有房子，摆酒必须有鱼翅，金器要够重够体面。他们不搞大陆八零后“裸婚”那一套，越小的地方越怕别人指指点点。

要数近年澳门三大增长率最高的产业，婚宴业绝对可与博彩娱乐和地产争一日之长短。今年二月，统计暨普查局公布最新的人口统计数字，其中婴儿出生率、结婚及离婚宗数均急增，澳门的平均初婚年龄不升反降，男性为28.2岁，女性为26.5岁，不但比东亚其他地区的30岁为早，简直有点反“晚婚、少育”的世界潮流。这几年，“红色炸弹”一下子多了，“奉子成婚”已是平常事，每隔数周，脸书上便有新的“龙宝宝”问世。

雨后春笋般冒出的婚纱店和供不应求的婚宴场地，证明婚宴业在澳门的确是一门庞大且具生命力的产业，传统礼饼店、金铺、酒店宴会、婚礼策划、婚纱设计、婚照拍摄、大妗姐、婚宴司仪等猪笼入水，更不用提那些“约会专家”、“假结婚”中介。想当年大学毕业前夕，大伙儿在席间讨论的，不外乎研究所排名、开补习社的商机、进某某机构实习的打算，如今大家的时间表上，写的都是婚姻生育等人生大事。

对那些还未有婚嫁时间表的，众人是七嘴八舌地劝：“你有甚么还未准备好？事业、爱情、房子都有了。”好像澳门旅游塔顶的“笨猪跳”教练，鼓励那些系好了安全带的家伙，赶紧趁风势好时纵身一跳。

O感叹，澳门变得太快了。每隔几个月便有新赌场冒起，服务员都是说英语的菲律宾外劳，连麦当劳的咖啡都卖到近四十元一杯……上次回来，大伙儿还在为工作前程发愁，一转眼大家已进入人生新阶段，说不定下次回澳，聊天的话题都是替小孩找托儿所报幼儿园了……

我握了握O的手，在时代潮流淹没我们之前，给彼此一个爱的鼓励。或许不是这座城市变得太快太急，而是这座城市的人们对生活方式的选择和人生时间表的安排越来越趋同，太怕落后于他人了。

2012年6月24日

赤裸步道

我家附近有一条长约两公里的行人步道，我称之为“赤裸步道”。

“赤裸步道”不过是条平凡的步行径，却又不时出现公共空间该有的惊喜，譬如在草地上耍着三四个塑料酒瓶的花式调酒师，在大庭广众练习萨克斯风的年轻乐手，趁天黑偷偷网鱼的“都市渔民”，各式各样被东南亚裔家佣牵出来遛跑（或仅仅被绑在长椅上）的狗只，以及它们短兵相接的吠叫声……

“赤裸步道”本是宁静的休憩区，但它有山有水有落英缤纷有大树遮蔽，既靠近民居也连接赌场及重要交通枢纽，白日可看浮云，晚上可看霓虹倒影，沿山坡拾级而上，还可通往种有大树菠萝（波罗蜜）的伊斯兰教坟场。来散步的人越来越多，近年成了澳门热门的跑步径；沿路有大型健身器械，充斥着用力踢腿的女生、倒立的俗家弟子、玩转轮活动肩膀的老先生，还有滑梯旁被老爸追赶着边跑边哭的小胖子。步道其实不算狭窄，可是大家都想避过凹凸不平的葡式碎石地面，挤在旁边那条只能供一人通过的平滑小路上，休憩区便不免有点紧凑了。

“赤裸步道”之所以赤裸，皆因真的肉体横陈。男士不管是否身形壮硕，都不约而同脱去上衣，只穿短裤跑步、引体上升或伏地挺身，还有警队学员、中学田径队队员经常来集体操练。文艺一点的说法，那是沿路春色无边，电光石火的眼神交接；现实是臭汗不时迎面洒来，步道散发着“男人味”和狗尿味。

“赤裸步道”也展现出澳门这块金币，除了有写满金额的一面外，还有印着人头像充满生活气息的另一面。你若是沿路仔细听着，这条被大马路紧紧包围的步道，除了傍晚有蝙蝠乱飞，便没甚么鸟叫蝉鸣，有的是一段段的赤裸独白——晨光中散步的癌症病人的祷告，黄昏里的伤心人对遗书用词的推敲，周末在长椅上野餐的打工妹和同乡诉说的乡愁，完成体内运毒任务的非洲旅人的盘算，小情侣的绵绵情话，还有抱着一打冰啤酒和朋辈大腿的失恋失婚男女在吐苦水……“赤裸步道”的环形设计，既是罗马斗兽场，也是半个古希腊剧场，不设包厢，不分楼厅，处处都是戏。

读者也许会问，如此一个很适合写成小说，甚至很适合做环境剧场的地方在哪里？就像澳门人很怕香港媒体报道某隐世小店后，引来旅客蜂拥而至大排长龙，在店内用粤语大放厥词，或是令街头小摊贩一下子炒太多粉面扭伤腰被迫休业，“赤裸步道”是这座城市最张扬的秘密。

2012 年 10 月 12 日

去看海

每逢放假，都有往外跑的冲动。特别是四五天的短假期，朋友都问要不要去看海。

朋友说的海，都是要花钱才看到的，自己明明就活在小小的海岛，却老是要学大西北的内陆人，坐飞机坐火车坐喷射船，去泰国布吉去印度尼西亚峇里去菲律宾长滩岛去台湾垦丁甚至去香港的赤柱海滩，仿佛不爱折腾就算不上是年轻人。后来到国外的海滩多了，慢慢明白朋友千山万水去看海的心情，没有经历长途跋涉重重障碍的期待，便没有豁然开朗的澄明与波澜壮阔。

初到北京，假日无事，第一想法不是到公园看花，而是进城去"看海"——什刹海、北海、后海。明明是个湖，蒙古人却称为"海子"，不知情者还以为北京人想看海想到走火入魔。也难怪，干燥的内陆生活苦闷，有些粼光浮波，便是心灵的莫大慰藉。北京大学竞争激烈，学生们压力都很大，若不是有个可供谈心、喝酒、调剂身心的"未名湖"，轻生的学子应该每年不止个位数字。澳门的自杀率相对邻近地区还是很低，海滨长廊想必起了一定的帮助。

澳门著名的黑沙海滩整天黑黑灰灰，那黯淡平静的海水，不时浮着大便、垃圾和人体残肢，我却从未怀疑过"蓝色的海"这个课本上的"真理"。成长就是发现世界不是非黑即白，连蓝色也有很多种，像小学第一次到香港看见的碧蓝，中学到泰国看见接近透明的蔚蓝，上大学以后在北戴河青岛三亚花莲看到各种各样的深蓝，以及国外海滩那些美得让人难以置信的水蓝。

城市人对海的误读已经麻木，还是张爱玲心水清：“像我们这样生长在都市文化中的人，总是先看见海的图画，后看见海；先读到爱情小说，后知道爱。”我们对于生活的体验往往是第二轮的。

说起对海的误读，澳门的黑沙海滩是一个很好的示范。香港人常常套用“浅水湾”、“深水湾”的逻辑，把澳门的“黑沙”称作“黑沙湾”，或是把澳门南端的“黑沙”和北面的“黑沙环”新移民住宅区混为一谈。

金子毕竟比沙子更诱人，愿意花时间到金光大道外资赌场的旅客，比造访“澳门八景”之一的黑沙海滩的要多不知凡几。数年前曾有无良导游把黑沙海滩的“黑沙”当作土特产向旅客兜售，讹称沙子乃千年冲积之矿物，美容功效堪比亚马逊白泥意大利火山泥浆，内地旅客竟照买不误。老外最有怀疑精神和环保意识，一听沙子是黑色，马上查问本地的制造业发展和工厂分布状况。

黑沙的沙之所以黑，不只是因为混合着珠江三角洲的淤泥，还因为含有黑色次生矿海绿石。我常常觉得没到过这个一半是乱石、一半是黑泥的海滩，没有和父母或朋友来这里脏兮兮地玩过沙、踏过浪、拾过贝壳的澳门人，都只能算土生，说不上土长。但如今经济好转，随时周末出国享受清水软沙的年轻人多了，反而嫌这黑沙太黑，只愿光顾附近遐迩闻名的烧烤店。我小时候热爱在乌亮的沙泥中漫步，脏乱便算是亲近大自然，晒黑也不过是和阳光玩游戏的印记，现在却只敢远观而不敢亵玩了。

最近重游黑沙，发觉那些疏疏落落的人群，还是以慕名而来的自由行旅客居多，澳门人大多喜欢到较远的一角围炉烧烤。幼儿园和小学的秋季旅行，总是到黑沙旁边那片松树林，大家三三两两，拿出各样零食，席地而坐，听着海浪声野餐。有时候还未入林，蜜蜂便闻香而至，若谁事先偷喝了汽水，便注定落得被小蜜蜂“亲嘴”的可怕下场，老师们也爱莫能助，其他小朋友当然又惊又怕又专心看热闹。到了中学，和同学们到黑沙烧烤更是指定的联谊动作；若在黑沙搞一场烧烤没能持续至入夜，便是个失败的聚会了。亚洲地区的菜市场、庙宇前地、圆环，向来是小吃的集散地；澳门则是连海滩也不放过，除了烤串烤鸡翅的小吃摊，还有极富性格的葡式烧烤餐厅法兰度的加持。澳门人爱吃，不是浪得虚名。

中国人说“水为财”，澳门用短短几百年，便从一个靠海吃饭的渔村，变成靠贪婪人性跃起的赌城；从一个几平方公里的小岛，填海成近三十平方公里的新城。变化如此之大，现在的小孩早就不玩“赌鱼虾蟹”这种渔村游戏，要玩就玩最新的电子竞技。想游泳的话，到家楼下的高级会所泳池便可；想看海，还未上小学就可以跟着父母去冲绳马尔代夫加勒比海；生起一个户外炭火烧烤炉那么累人，想想还不如待在冷气房里等用人服侍能躺则躺。

面对近年严重的水土流失，政府决定以外购的黄沙维持黑沙海滩的面积，以致黑沙没有以往那么黑了，但海水却不见得更清澈。历代领导人到大江大河游泳以示水质安全、体魄强健、带头引领全民健身是常见之事，澳门的官员是否愿意率先到黑沙畅泳、以身作则？国家领导人要是来游一下泳，不但水质可以马上改善，说不定寂寂无闻的黑色沙子也真能卖钱了。

2012 年 10 月 25 日

占士邦的海上皇宫

电影中的特务占士邦（詹姆士·邦德）向来出勤到天涯海角，这次《007：空降危机》（Skyfall）从伊斯坦堡（伊斯坦布尔）回到英国，再转战上海打到天翻地覆，观众都无动于衷，唯独镜头一转，占士邦去的那个“澳门”，让观众席出现骚动。

包括我在内，大家都拚了命想在短短几秒的镜头中认出自己熟悉的家园，但一看便知那是搭出来的场景。“边度嚟架？”“都唔系澳门！”黑暗中闹哄哄的片言只语，听得出许多观众的心情，瞬间由期待到惊讶到失笑再转为愤怒。这种愤怒可以理解：上海还有上海的模样，为何澳门要顶包？澳门有那么见不得人吗？《空降危机》的编剧真是伤透了澳门人的心。

《空降危机》里的“澳门”只是个幌了，无论海上皇宫的场景布局、荷官的衣着打扮、妓女的买卖规矩，还是吓人的巨型爬虫，无一不是东方主义的一厢情愿和艳俗奇观，然而它的“不真”，却一语道出澳门当代城市建设任由外资摆布的现实困境。这一点上，我倒是相信编剧做足了功课和考虑。

从八九十年代的中式鸟笼造型，到回归初期的希腊风、埃及风、巴比伦风，至近年倒模拉斯韦加斯建筑，澳门的赌场越来越时尚、气派、异国风，因为赌客大多是想和国际接轨的内地同胞，不是追求东方情调的鬼佬。试想想，如果《空降危机》

的远镜拍了澳门的实景，那几座金光闪闪的微型版拉斯韦加斯建筑是不可能不被观众发现的，不知情者还以为占士邦时空错乱去了美国，误以为编剧犯了低级错误。从另一个角度看，宁愿花钱搭一个“对味”的场景，也不要在澳门的城市创口上撒盐，编剧其实用心良苦。

澳门向来是电影取景胜地，但澳门人都不太愿意承认这些外地光影中的澳门。香港赌神系列、赌城大亨系列中乌烟瘴气的澳门，《放·逐》《复仇》中黑帮纠结的澳门，甚至荷里活电影（如早期的《Macao》至晚近的《特务戆J》）中那个特务横行的澳门，都不是澳门观众心目中那个“真实的”澳门，然而充满道德洁癖的我们，又不敢拍心口说这些黑暗面并不存在，所以无论暴力是以真实还是虚构的形式呈现，都伤及澳门人的自尊。

澳门在世界电影史上的地位虽然微不足道，但经常躺着也中枪，好比奥逊·韦尔斯（Orson Welles）1947年的电影《上海来的女人》(Lady From Shanghai)，虽然没有到澳门取景，对白却是隔山打牛——

Michael：“它在中国沿海地区。芝罘（烟台旧称），全球最邪恶城市的第二名 。”

Elsa：“哪个是第一？”

Michael：“澳门。你觉得不是吗？”

Elsa：“我觉得是。我还在那里工作过。”

相比之下，《空降危机》对澳门的妖魔化可谓点到即止，近乎仁慈。电影中张灯结彩的“海上赌场”，澳门也真有过，那只本名“皇宫”、别名“贼船”的中式画舫造型赌场，前些年在内港结业弃用后，至今还孤魂野鬼般停泊在筷子基。许多人建议把它改造成“博彩博物馆”，我倒是觉得它更适合活化成艺文演出空间——澳门人既然嫌“外人”讲的本土故事太东方主义不够地道，何不把握机会自己好好述说，自编自导自演这座城市天天都有的大龙凤？何况赌场官场乃至跨国集团在澳门的明争暗斗，精彩程度绝不逊于谍影重重的《空降危机》，澳门自身已有那么多奇幻与暧昧，它不应连担当一个实景也不配。

2012 年 11 月 7 日

老澳门的周末

我们面前，一左一右，陈皮鸭与澳葡菜间的抉择。

多亏中央电视台那套纪录片《舌尖上的中国》，让不少人（包括澳门人）知道原来有陈皮鸭这道粤菜。当编辑的朋友G说：“哦，怪不得最近有很多人问我哪里有陈皮鸭卖。”

这样一个悠闲的周末，食客和游客不绝于途，来拍婚纱照和丢花球的新人居然有四对之多，锦衣华服，气氛热络，让人有看街头艺人卖艺的错觉。

朋友G说，这就是“老澳门的周末”。缓慢，闲适，人情味。

像吃法国菜一样缓慢，又有露天茶座般的闲适，人情味呢，是老板伙计与众客人恰到好处的互动。他说，记忆中的澳门就该是这个样子。这正好又是许多游客重游澳门时的说法，然而组成他们“印象中的澳门”最关键的那几块拼图，如今已被岁月弄丢了。我向来对这种惋惜不以为然，总疑心那些旅客不过想保留一个可供怀旧的后花园，好让他们周一回到邻埠的钢筋混凝土办公室时，还有人生是美好的惦念。

土生土长，但我从来都不是“老澳门”。“老澳门”的称号，不在于你老不老，不在于你是否土生土长，不在于你有多少社会地位，只在乎你对这里的生活，能否有一笑置之的包容度。我乐意拥抱这座永远陌生的城市，因为我对澳门的认知永远不足——如果你在这里活久了，就不难发现这座平淡的小城，永远有让人惊奇的细节和非比寻常的逻辑。就像你已经在澳门吃了上千次粤菜，突然有一天，还是会杀出一道号称澳门最知名的菜肴“陈皮鸭”来。

在北区长大的我，四周风景不过是廉价房屋，以及丑陋、充满机油和染料气味的工厂，周末家庭日的娱乐，不过是到便宜的茶楼饮茶，或到百货公司的美食广场吃点东西再逛橱窗。那时候，周末一家人吃上四个葡式蛋挞，已花掉父亲一整天的工资；去一趟有欧陆渔村情调的路环市区，和去一趟外地旅行没有分别。我印象中的这种“缓慢、闲适、人情味”的“老澳门的周末”，是我长大后才有的经验，一种布尔乔亚式的闲暇优雅，一种可以和不同肤色不同母语的人比邻而坐的熟稔、自信和自然，那都是我的父母辛苦多年，用血汗用生命换给我的幸福。

回去的路上，嘴馋，想买一个葡挞，小小的店内挤满了游客，只好作罢。车子一拐弯，才发觉那些兴建中的石排湾公共房屋近在咫尺。G说，这种老澳门情调的周末看来不多了。

我想，能让更多澳门小孩可以从小体验到这种舒坦，让越多澳门人在越小的经济压力下看到澳门隐藏的美，人多一点又何妨？

2012年12月16日

涂鸦

早前到台湾旅行，诗人H特意带我去看花莲的诗歌涂鸦。有别于街头涂鸦（Graffiti）常见的讽刺彩绘或扭成一团的脏话，涂鸦者在墙上用喷漆喷上诗句，既想用诗歌“美化”城市，也在清晰地用文字表达意见……这让我想起大鸣大放的香港“九龙皇帝”曾灶财。

回到澳门做采访，一向循规蹈矩、性格内敛的被访者坚持要到一个神秘地点拍照，还以为是哪家隐世咖啡店，原来是路环某废置厂房外的铁皮围栏。围栏被喷满七彩缤纷、个性张扬的涂鸦，被访者双手插袋，静默而自信，别人留下的色彩，反照他内心的阴晴。

澳门是个无法一言以蔽之的城市，既保守又张扬——在银行排队，经常可以看见谨小慎微的打工仔前面，有发完横财的赌仔拉开手提袋说要存进几十万现金。在路上闲逛，既可见精雕细琢的葡式碎石路，以及干净明亮的文化遗产建筑，拐个弯到行人天桥和过街隧道，墙壁上另有一番次文化的暗涌。

在公共地方涂鸦是违法的，但涂鸦创作者“盗亦有道”，很少会对遍布大街小巷的文化遗产建筑物毛手毛脚。英国著名涂鸦大师Banksy擅用模版拓印，以便快速完成创作，避开警卫；澳门近年也出现不少用模版拓印的小型涂鸦作品，多数是女性剪影，六七步一个地重复。可惜我是涂鸦的门外汉，读不出这些作品的意念与“某某到此一游”的差别，和墨西哥壁画的壮观、英美的涂鸦水平和幽默感差了十万八千里。

去年有内地记者来澳采访，我带她到雀仔园吃街头小吃，她却敏感地拿起相机对着一处废弃空地拍个不停。那里张贴了几张绘画作品，有手挽名店购物袋的观世音、撑着赌场雨伞的孙悟空图像，也有喷在墙上的佛家手印。她说：“澳门真是个多元开放的城市，在内地很少见到这样的涂鸦呢。”我看着她会心一笑。

Banksy 让英国政府很头大，但他的名气也大，涂鸦作品有价有市，民众都舍不得让政府清除他在街上的“杰作”。澳门人对涂鸦的态度也很两极，要不视之为破坏，欲除之而后快；要不把它当作文化创意产业的希望，政府和社团都想办法收编，不但预留创作空间、办课程、搞作品展，甚至采访报道、委约创作、安排为商铺铁闸和外墙粉饰。年前，澳门的文化部门更以光为“喷漆”，以地标大三巴做“墙壁”，制作“光影涂鸦”，成为全城热话。

我成长的那个年代，涂鸦经验是一种耍帅的谈资，和 Graffiti 的反叛精神相去甚远。小时候看到别人用白色涂改液在巴士后座留言，已觉惊世骇俗，蠢蠢欲动。人生第一次尝到涂鸦的快乐是在小学五年级，但严格上来说，那只是有既定草稿的壁画创作而已。年轻时适度的放纵百利而无一害，做人不能太坏，也不能一辈子太乖。

涂鸦的过程让我明白，必须以自己最擅长的方式来表达自己，才可能突破外界的阻挡，所以有些人拿起了纸和笔，有些人拿起了口罩和喷漆。

2013 年 1 月 16 日

春日登山去

已忘记多久没有去登山了，但我记得漫天红叶的北京香山、步步惊心的陕西华山、结冰难行的湖南衡山、舒服清凉的四川峨眉山……澳门的山倒是平平淡淡，没甚么印象。

每天上下班必然经过的澳门松山，一点也不高，严格来说只能算“丘”，却有着世间最可爱的登山设施。山脚下的登山缆车之短，也是“中华一绝”，来澳门不可不试。

登山，多是迫不得已。父母都是蓝领阶级，平日工作已挥汗如雨，累得半死，周末哪有闲情去攀山涉水。小时候参加过野外定向课程，最后都要去路环行山径实地考核。之所以报名参加野外定向，非因热衷亲近大自然，这些课程通常都是政府主办的“暑期活动”的“卖剩蔗”，冷门课程是也，其他诸如游泳等热门课程很难报得上。教练会提前在山中的某些地点藏起几样物件，学员分组后，便要靠地图指南针把信物一一找回，最早集齐信物并回到终点的队伍便算胜出。我们那一队人都非常好胜，路上水也不停下来喝一口，悦目的郊野风景也不瞧一眼，披荆斩棘向着“既定目标”进发，一个多小时就成功回到终点。赢是赢了，考试也通过了，这些年也过来了，如何使用指南针山区地图也忘得差不多一干二净，倒是忘不了沿途那些硕大的蛛网，还有挂在蛛网上的昆虫尸体。

我非常害怕蛇虫鼠蚁，更怕无缘无故的闯入会打扰它们，让彼此受惊。后来着实也去过路环行山径好几次，但都不是自发性的游山玩水，全都是课程的一部分（往往打着锻炼吃苦耐力、求生技能、团体精神的旗号，好像纯粹的郊游不算充分的理由），我也就抱着完成任务的心态忍耐下来。

虽说是忍耐，但沿路风光还是豁然开朗，那些巨型蛛网，在澳门市区是不太可能看到了。本来山野和人类都可以用非常澳门的方式继续过日子，河水不犯井水，老死不相往来，可是这城市里还是有许多人觉得树林挡着视线，巴不得把大树都连根拔掉；不想在春日期间辛辛苦苦去登山，倒是愿意去赌场看进口的花卉展览；他们当中也必有讨厌蛛网的，盘算着把它们的家拆了，盖超高楼豪宅；还有些人把野外定向玩得出神入化，寻宝寻到大家的后花园来，而且铁了心要抢第一名，争先恐后偷挖山体，顾不得日后的小城之春，大家可到哪儿登山去了。

2013 年 3 月 29 日

雨季风景

进入五月，羽绒被子刚收起来，水汽氤氲，天气预报每天有阵雨，手袋里因此不得不随时放着把轻盈可折叠的晴雨伞。

但忘记带伞的日子还是有的。中午时分烈日当空，便想到图书馆躲一躲，翻着书，忽然雷声大作，雨点大得仿佛要把屋顶滴穿。

“糟糕！”图书馆里的人虽然默不作声，可是大家忧心忡忡地一致往窗外看的眼神，让心里那句感叹异常响亮。没有伞，又赶时间必须离开，公共图书馆的职员贴心地问我要不要一个小小的塑料袋。意思是人淋到雨不要紧，公家的书可不能弄湿。

广场上的人行色匆匆，没有半个人打算停下来，我厚着脸皮跳进一个看来面目和善的女人打着的伞下。都说澳门有人情味，真理的验证就看这一刻了。

女子对着陌生人也不甚惊讶，默默用半边伞为我挡雨，我道谢的同时也后悔极了——原来是位孕妇！我只好本能地把大半边身体挪到伞的外头，怕她被雨沾湿。我们走的是同一方向，她去的诊所就在我的办公室旁边，十步左右的距离。

“我赶着去复诊，只能送你到这里了。”我也不能要求甚么，道谢后便快跑起来。澳门的葡式碎石路好看不好走，鞋跟极快磨损，石子容易松脱，石缝间常长青苔，一到雨天，不但石子间的高低不平易形成小水潭小水沟，湿滑的石面也增加滑倒的危险。才跑了几步，便扭到了筋。

突然的暴雨，让市面大部分地方严重水浸，坊间传闻是正在进行的轻轨工程影响地下排水系统。先不论传闻真假，“落大雨水浸街”真是本地人从小就有的“常识”。“海水倒灌”这类科学名词，北方人也许不甚了解，澳门人倒是每年被迫亲身体验。

旧日的雨天，小城不论男女老幼，都是拖鞋上阵。近年经济好转，水鞋款式推陈出新，穿着两三千元一双名牌雨靴上班上学的大有人在，但雨衣似乎还未有强势回归的迹象——连小学生都嫌弃黄色雨衣了，风雨不改的铁骑士们穿的都是透明磨砂或黑色雨衣。希腊名导演安哲罗普洛斯电影里那些身穿黄雨衣、骑着单车优雅地驶过街头的工人们，在这小城里早已不复见。

2013 年 5 月 15 日

城市的声音

（一）

澳门海事博物馆和澳门博物馆，不时有“飞机榄”、“咸肉粽”、“收买烂铜烂铁”的吆喝声，那是上世纪小城市井之声的录音，以助游客想象昔日的渔港风情。然而澳门的街头早就没有叫卖声了。

十多年前，澳门突然很流行“雨滴”、“鸟叫”、“虫鸣”等环境音乐，整张唱片都是大自然的声音，大雨密集地敲着城市每个细部的节奏、柔和的风穿过竹林片片叶子的旋律、砖瓦造的屋檐回荡欲断难断的雨滴声响……在盛夏听着入睡，顿时暑气全消；有时音乐大了，隔壁邻居还会探头出外，以为天要下雨赶快收衣服。

在多伦多时住在学生公寓，睡房外就是阳台，那座城市的灰鸽出名又多又肥又壮，营养太好连带胆子也大，恃着没人吃它就自出自入住宅商店吃喝拉撒。做了防鸽网也挡不住它们，每天清早在我的阳台上成群结队叫嚣得像骚灵合唱团一样。它们不怕人，更不怕我这个手无缚鸡之力的东方书生。有次我通宵了一整夜赶论文，心情烦躁，鸽声简直是火上加油，忍不住蹦出几句汉语喝令这群不速之客：“有完没完啊！澳门的鸟可不像你们这么过分！”

从小到大，清晨的鸟声就没有断过。鸟儿在我旧居的冷气机上筑巢，叫声比思春的猫儿还要响亮；现在鸟声远了弱了，零星几下，把青春的梦的泡沫轻轻啄破。

（二）

一天往往是由鸟声开始，那是八点前的光景，天半灰半亮，城市散布着细碎的鸟鸣，像住在小森林里一样。

然后是闹钟声、盥洗的水声、煮早餐的水汽声，还有晨早新闻的广播。关木门和铁门的不同力道，电梯上下开关的声响，夹杂家长对小孩的叮咛或谩骂。同住一座大厦的陌生人，极少数会互道“早晨”，早餐店的店员也是忙碌而冷漠。

戴着耳机在澳门走路，是极可惜的一件事，很容易错过许许多多城市的讯息。交通辅导员会在马路边吹哨子，警告人们要用行人天桥过马路；巴士不时响起“请乘客往车厢尾部移动，多谢合作”的广播，还有挤不上车的通勤族的叹息、哀怨和脏话。当然少不了不耐烦的汽车响号。

水塘则是另一组声音构成的世界。落叶在脚边的沙沙作响，碎石路与鞋跟的耳鬓厮磨，混合着广播操的亢奋音乐，以及慢跑的人们和狗儿大口大口的呼吸声。有时候，抬头还可以听见直升机或飞机呼啸而过。再安静的地方也少不了手机铃声，但每一台手机的铃声都一样，一响，大家傻傻分不清。

离开水塘就是拥挤的区域。交通警察的哨子声、红绿灯的转灯声、各式汽车和电单车的引擎声、名贵跑车排气口的声响和刹车声，都让人神经紧绷。偏偏没有汽车转弯的打灯声（驾驶者太懒）、单车的响铃（马路太危险没人敢骑）、三轮车的轮子转动声（繁忙时段的狭窄马路根本容不下）。

小学生在操场的玩乐声、老师训导、早操口令、上下课钟声、掘路钻地、唱片音乐、哼歌、狗吠、张罗晚饭的切菜声、楼下的练琴声、楼上的跳绳声、小孩哭声、电视节目声、洗澡的水声、半夜的非法赛车、醉酒闹事、分手吵架摔东西造爱声……听到洗街车和垃圾车运作的声响的时候，早已夜得必须想办法快快入睡了。

若能再心静一些，过海大桥的关灯声应该也可以听得见吧。

（三）

要是下雨天，还有屋檐和冷气的滴水声，街道布满雨水哇啦哇啦、打在没有个性的雨伞上的声响。伞之所以没有个性，因为人们大多手持连锁便利店的便宜伞、立法会选举期间派的免费伞、某某大型民间社团的福利伞、某大娱乐场赠送的招财伞等。不是车轮辗过路边水沟溅起的水花声，平日都不察觉小城的柏油路原来那么凹凸不平。然而每个行色匆匆的路人的低声哼唱、自言自语，或是盘算着的心声，都无法被雨声盖过。

这些声响，如恋人絮语般，建起你和城市之间久久的倾慕或此恨绵绵。只差你有没有仔细聆听。

其实要描述这座城市的声音，每个澳门人都有自己的版本，即使只是三十平方公里不到的岛屿，也视乎你是在白领云集的中区、新移民为主的北区，还是带点绿意的离岛区上班，也取决于你住在西湾独立屋、下环街窄巷还是路环的高层豪宅。

这几年没有了惊心动魄的工地打桩声，换来没完没了的装修噪音，城市的声音也越来越难以分辨——即使一个人待着，也急忙要找视频找影音信息把自己包围，以致静默变成一种近乎奢侈的东西。

2013 年 6 月 20 日、2014 年 8 月 14 日

留一个秘密的排洪口

人情越紧密的城市，越需要秘密的排洪口。

巴黎有不堪爱情锁重负的艺术桥，南京有挂满祈福彩带的夫子庙许愿树，香港有专门提供“打小人”服务的鹅颈桥。电影《花样年华》的结尾，男女主角没有修成正果，周慕云老远从香港跑到吴哥窟，对着石壁的小洞诉说心底的秘密，再用草掩塞。

老澳门会说，澳门没有秘密。地小人多，社交圈重叠得厉害，你的同事，总是你朋友的朋友。越来越多行人心事重重地开车走路，思量着不知从何说起的忧郁。

想窥探澳门人的心声，可以去大三巴炮台看铜制古炮，到卢九公园看几层楼高的竹子，坐公共巴士时瞧瞧凳背，走过行人天桥或过街隧道时注意墙壁。这些地方，经常有“×××我恨你”的白色涂改液涂鸦、“我爱 ××× 一生一世”的喷漆字句。还有民居大门上“××× 欠债还钱”的红油漆，附有身份证副本的街头讨债单张，以及赌场附近撒满一地的色情卡片。对于赌城的满腹心事，或许可以理解一点。

媚俗的，去 KTV 订包间，声嘶力竭用预设的歌词唱出心中的痛点；悲壮的，到旅游塔塔顶玩“笨猪跳”，在 223 米高空以时速 200 公里跃下，在半空命悬一线地喊出最想不开的破事儿。

其实在澳门听到最多心事，还是和陌生人拼桌的时候。午饭时间，是白领小姐理直气壮抱怨上司同事的好时机；至于晚餐，婚外情、工作不顺、生活的各种无常无奈全都倾泻得淋漓尽致。不要以为在葡人餐厅讲广东话便万无一失，多少土生葡人的粤语顺溜得吓你一跳。

如果一顿晚餐的时间，还不够朋友把满肚子的苦水吐完，不妨转到外港水塘、南湾湖或西湾湖边继续散心聊天，那里有长椅和暗灯，算是个面朝大海春暖花开的“露天疗养院”，在那里喝啤酒咒骂上天，乃至流下男儿泪都没人管你。

看惯间谍片的人都知道，传递秘密得在人多热闹处，冷僻之地反而藏不住。入夜后的地标大三巴，旅客人潮散去，变成菲律宾外劳聚会聊天的场所，本地人平白无事不会去爬那要命的长石阶，碰到熟人的几率很低。在这个庄严肃穆的废墟，历史的沧桑会让你顿悟，生活的所谓不如意，不过是时间长河里一粒虚无缥缈的沙子。

2014年11月17日

城市之门

七月的某个大晴天，我在澳门机场呆等九个半小时。进退不得，大家不期然想起还困在俄罗斯机场过境区酒店的美国前中情局职员斯诺登。

我倒是想起了电影《航站情缘》（The Terminal）里，来自某个虚构的东欧小国Krakozhia的旅人Viktor Navorski。电影说是真人真事改编，场景从原来的法国戴高乐机场切换至美国纽约肯尼迪机场，汤汉斯（汤姆·汉克斯）饰演的主角想方设法活下来，从回收手推车赚零钱换食物，到花心思租西装追空姐，全在候机的禁区里办妥。幸好故事设定在纽约大机场，倘若主角是滞留澳门机场，这台戏恐怕两三分钟就演完了。

澳门国际机场的确是这个城市的大门，乍看光洁高效，实则平白无聊，查看航班信息的电视屏幕少得可怜，机场餐厅屈指可数，收费昂贵之余，薄薄的菜单上四分之一的款式都缺货；也没有甚么可逛的商店或设施打发时间，而且最重要的是，航班经常延误……难怪到处都是在椅子上睡得歪斜的旅客。

虽然它有种种缺点，然而政府没有让角子机进入机场范围为旅客解闷，已经是一种德政。加上海天一色的起降跑道、空荡的候机坪……不赶时间的话，澳门机场其实是个放空的好地方。

这次延误是天气原因导致的航空管制，航空公司无奈，地勤人员的服务态度也十分淡然。飞机抵澳了吗？答案前后不一。飞机今天能飞不？“不知道，等通知，要不改明天的飞机吧。”可是会议已安排明天一早在京城举行。“那改后天办不就成了吗？要不改派别人去开会就好了啦。”七个小时过去，航空公司职员未曾派发半瓶水或半张餐券，旅客居然也没有鼓噪，靠睡觉来杀时间。

好不容易上了飞机，以为终于能起飞了，却突然被告知还要再等三个小时。机长也等得不耐烦了，打完招呼劈头就是一句:“这不是我们的错，是北京的错！”好几次起飞准许都被临时收回，空姐们索性先为客人送餐，谁知发餐发到一半，广播突然说十分钟后起飞，空姐们慌忙收餐准备，连米饭都打翻……机组人员也是听天由命，无所适从。

飞机准备降落时，听着广播中跑了调的“灵异”音乐，不禁想起上次美国费城交响乐团从北京来澳也是航班延误，乐手即兴在机上演奏一曲，片段被拍下来上传到社交网站，变成国际花边新闻。连粉饰机场这道城市之门也不用心，要修好澳门这扇号称面向世界的窗就更难了。见微知著，如果澳门真有所谓的“让旅客动容的时刻”，拜托能否先从机场和航班服务开始？

2013 年 7 月 16 日

陈船长的渔家乐

上次去青洲，已是十年前的事。青洲山下的母校被拆得面目全非，藏着平民美食的木屋区早已无影无踪，这次要不是为了坐船出海，也看不到青洲山的孤立与悲怆。

母校背靠青洲山，面向筷子基内港，蛇虫鼠蚁极多，但环境之优绿化之广，足以傲视濠江。那时候零用钱不多，中午放学最爱到木屋区的大排档吃炒饭炒面，经常看到有个老人在那里放牧两头瘦骨嶙峋的山羊。木屋区对着的筷子基船坞，印象中只有渔船赌船，现在已泊满天价游艇；幸好青洲不算旅游区，还保持一派宁静。

在澳门，观海是一件免费且极易办成的事；但要从海上看澳门半岛，就需要花点钱。实施休渔期以来，政府得为渔民谋出路，除了开职业培训班，还积极推广“渔家乐”——让市民一家大小坐渔船出海绕澳门半岛一圈，饱览澳门海岸线之余，还可以了解蜑家人讨海生活的甘苦。

船长陈先生是个热情直爽之人，其他船员也一样，聊起天来有阳光晒在脸上的暖和感，既有见惯风浪的自信，又有敬天地的谦和。他们说出海一次往往几个月才能回程，捕鱼之地曾远至南海，还去过钓鱼台（钓鱼岛）海域。

海上的国家大事不只是新闻报道的几则消息，而是与渔民生计性命攸关，捕鱼人既看老天爷脸色做人，也看国际政治风向做事。话题不免沉重了些，只好话锋一转，向船员讨教去哪里买海产最好最新鲜。原来澳门的大渔船都直接把渔获运到内地，街市摊贩再从内地取货，如此转折，因澳门人再爱吃海鲜也消化不了这庞大的渔获，小渔船有时会把沿岸海产直接送到水上街市倒是真的。但年轻一辈大多嫌街市脏乱麻烦，情愿到家附近的超市买进口冰鲜海产，哪管甚么碳足迹。

吹完海风，意犹未尽，走到台山街市吃猪油渣茶果汤和猪肠猪脚姜，再晃荡到巴坡沙泳池游泳。碰上学生放暑假，泳池优先照顾参加暑期游泳班的学童，要到下午 5 时以后才对公众开放，大家只好安安静静地在飘着氯气味的大堂取票轮候等待叫号，像去银行提款一样。

看着那个人工泳池，我突然惊觉，多少年没有在海里游泳，风平浪静、标示着各种科学数据的泳池变成心之所安。澳门不再是南方一个小渔村了，新填海区的面积越来越庞大，我们早已像人鱼公主，蜕掉腥臭的鱼尾，躲进恒温的陆地和室内。一天的渔船之旅是欢乐的，久了，大家都嫌大海混乱嫌它脏。

2013 年 8 月 16 日

泳池与海滩的浮世绘

秋风来得无声无息，十月的公共泳池依然人满为患——泳客大部分是皮肤松垮的老人、年轻壮硕的游泳教练和脚够不着池底的小孩。

泳池边坐着许多旁观的女子，但都不是来加油呐喊的，而是带少主来上游泳课的外籍用人。她们坐在玻璃围帷后，无所事事地和同乡聊天，却又不得不紧盯着泳池。到底是在看少主，还是少主的教练呢？

“划手！吸气！不然我不救你……”二十岁的少年恐吓着四五岁的小孩，他们一个个无助地咬紧牙根，排着队跳入蓝色的泳池中，不知他们的父亲都到哪里去了？

我小时候只到黑沙海滩游泳。父亲说他们那个年代，没有条件娇生惯养，大人都是直接把小孩丢进池塘，求生的本能就是最好的游泳教练。我到海边从来都是玩水泡水，后来为了通过大学游泳试，下决心请了教练苦练一个月学懂了蛙泳，往后我终于能像正常人一样，把到公共泳池游泳当成夏日的消遣。

有广阔天然的大海在，为甚么要付费去泳池人挤人嗅着难闻的氯气，这是我家的逻辑。露天的泳棚在上世纪非常流行，听说泳客下水时，常常被岸边锋利的石头划破脚底。我虽然无缘见识泳棚的乐趣，但总算当过黑沙海滩的弄潮儿，喝着黑如墨汁的海水长大，甚至亲眼看过一条条大便在咫尺之遥漂过。现在的父母已很少带小孩到海滩游泳了，都说黑沙太脏，竹湾太多浮尸……

每次到黑沙海滩游泳完回家，躺在床上像躺在船上，仿佛有无形的海水带动身体载浮载沉，一整夜摇来摇去。那是大海独有的舒畅。

日前换了另一个公共泳池试试新环境，游了一小时后，众人突然逃难似的走避，原来拥挤不堪的泳池瞬间腾空了一半，救生员煞有介事地拿来救援工具，老人都在耳边摇头叹息："不知道又是哪家的小孩子……"

没有不幸的泳客沉下去。不过是一条肮脏的大便浮上来……

看来父母们可以重新考虑带小孩去黑沙海滩游泳的可行性了，反正人工泳池一样的脏。黑沙海滩的魅力，除了那黑乎乎的海水黑乎乎的沙子，还在于那几个卖烤串的小摊，那是在冰凉海水泡久了之后的温暖和奖励，也是恒温泳池无法给予的满足。

2013 年 10 月 17 日

城墙边的男女

周一早上的南京，鸡鸣寺外空无一人，我走在明代旧城墙上绕玄武湖半圈，远处是南京瞩目的摩天大楼。黑而破旧的砖块上，除了刻有岁月的痕迹，还有造砖人的名字。南京的明城墙不及北京八达岭长城陡峭，也没有慕田峪长城的萧瑟，城墙脚下，既有新款汽车在城楼间络绎不绝，也有玄武湖的杨柳依依，只缺电影《小城之春》里，那对在古城墙边上散步闲聊却又不敢逾规的男女。

澳门较为完整的旧城墙位于大三巴左侧，邻近哪吒庙，为夯土建成的墙体。夯土主要是用泥砂、细石、稻草再掺和蚝壳粉逐层压实而成，因此灰褐色的墙身隐约透着珍珠色的闪光。高园街往万里长城方向，也有一小幅旧城墙，因为城墙是古迹不能拆，人行道马路挤成一线，险象环生，那里大概是澳门最窄的马路之一。

澳门市内也曾有连绵的城墙屹立。葡人早在隆庆三年（1569）已开始在澳门建城墙。由于中国政府的反对，所筑城墙多次被拆毁。然而，葡人以抵御荷兰人入侵为借口，至1632年澳门北部城墙及炮台又复建完成。从当时的澳门城市地图可见，整个澳门城除西部内港外，北部、东部及南部均建有城墙，并于诸要塞处建置炮台，使澳门成为一座军事防范严密的城堡。现存的大三巴旧城墙遗址，正是当时所建的一部分。直到清道光年间，葡人为拓展殖民势力，才自发拆毁澳门内城的城墙。

中、葡两种血统的“澳门人”虽未至于壁垒分明，但一道隐形的墙却仍静悄悄竖立多年。语言是第一重的城墙，往后还有文化、教育、生活习惯等等。

小时候曾经有一个好朋友是土生葡人。他生于澳长于澳，和我一样念教会设立的中文学校，双眼是典型中葡混血儿特有的深邃，微金的头发配上松垮不堪的衣衫，眉宇间隐隐透着一股行走江湖的邪气。我的家一度是他被葡萄牙老爸毒打后的避难所，他的父亲多次上门大闹，揪住我朋友的耳朵把他领回家去。

当时还在念小学的我，没有勇气保护我的朋友，也没有足够的知识去报警，体罚是当时无论家庭、社会还是学校都普遍认可的教育方式。我懦弱、不知所措，只能传达他父亲的旨意叫他马上回家。

隔了许久以后，他又好几次跑来我家门口求救。我隔着铁闸看着他红宝石般的双眼，一脸又是泪痕又是赤热的巴掌印，但我很害怕他那个声称要来烧我房子的父亲真要来闹事，我唯有一直道歉，不敢让他进来。我那时候才六岁，我多恨自己只有六岁的智商和胆量。

此后，他再也没有出现，很快便退了学，彼此也断了联络，不知道他有没有挺过那可怕的童年。往后我和葡人的接触，也是点到即止，没有太多交集，印象中的葡人是电视上的官员、教堂里的神父、葡文学校的学生、在岗顶剧院听歌剧的绅士、在陆军俱乐部和峰景酒店喝下午茶的贵妇……好像他们都活在隐形的围墙后面，许多澳门人和我，则活在看不见、摸不着的城墙前面，不知该如何和城墙另一面的“街坊”坦诚相见。

大三巴旧城墙往下走，便到了“黄屋仔”，外面还竖着象征中葡友谊的男女铜像。女子把莲花递给男子，算是女追男么？当大家都在惊叹电影里那个美国男子和法国女子不同凡响的邂逅（从1995年的《日出之前》散步聊天，至2004年的《日落之前》中重遇，还停留在发乎情，止乎礼的阶段，到2013年的《午夜之前》终于走在一起，却又面对中年危机），我独独想再重看费穆版的《小城之春》，那对城墙边徘徊的男女，没有送花也没有牵手，一不小心就永远错过彼此。

2013年9月17日

阿摩尼亚城市

低头走路的习惯，是在澳门养成的。

我哥哥小学时已是个“低头族”，为的是看操场上有没有钱可以捡，绕来绕去走一小时，居然也真捡到几个铜板。那时候的澳门，一罐可乐也不过两元。

我也曾在热闹的台北忠孝东路低头走路，瞥见一张千元台币默默躺在街角，当我站在人潮中犹豫了二十秒要不要拾起来送给在附近募捐的残障人士，另一个动若脱兔的大婶果断地把它捡走了。一个城市经济好不好，从路不拾遗的情况中大概可略知一二。

第一次去西安，让我印象深刻的不是兵马俑，而是黄昏的街头。老人们遛狗、聊天、纳凉，人和狗都是淡定的幸福模样，而且出奇地没有满街狗便，也不像澳门的狗儿难得离开狭窄的房屋，一上街便禁不住兴奋狂奔。

相比之下，澳门真是遍地“黄金”。狗粪狗尿“地雷”太多，视觉以外，还得调动嗅觉，免中陷阱。水塘附近和国父纪念馆门口这些遛狗胜地都是重灾区。

走上街头，是了解一座城市最直接的方法。由赌博文化引生出的大大小小的狗血情节，游客未必有机会看到，但狗尿味和狗粪，绝对是澳门街头文化的一部分，一本尽责的旅游书应该写到，来澳门的旅客搞不好要多带几双鞋替换。还有一点不得不提，澳门仍是个合法赛狗的城市，而且政府引以为傲。

澳门近年经济转好，宠物大增，政府一方面加建狗厕所、狗公园和狗粪收集点，一方面呼吁宠物主人自觉清理宠物的大小便，然而执法力度和守法意识都有待加强，狗尿狗粪的气味有增无减。澳门人常常在脸书上疯传个别内地旅客在小城街头大小二便的照片，真有必要这样大惊小怪吗？我家楼下的巷子，有人每次遛完狗就遗下一坨狗大便。澳门人并非想象中那么文明有礼珍惜家园。

气象局每天都有大气悬浮粒子的报告，城市气味的转变却无法量化，除了狗尿中强烈的阿摩尼亚味，还有五星级酒店造作的香氛、赌场强烈的烟味、大量热钱的铜臭味……在这个芝兰之室与鲍鱼之肆早已合而为一的城市，久之不闻其香其臭，不知道那些游子、旅客、都市漫游者和鼻敏感患者，也能嗅到小城大气中复杂的粒子么？

2013 年 11 月 20 日

水舞与喷泉

阿根廷作家波赫士曾在《图片集》中述说过城市中的喷泉："城市里都有喷泉，但是喷泉的理由各个不同，阿拉伯国家的喷泉源于对沙漠的古老怀念，据说阿拉伯诗人喜欢在水池或者绿洲旁边歌唱。意大利的喷泉似乎是满足意大利灵魂特有的对美的需要。至于瑞士，据说城市总是希望靠近阿尔卑斯山脉，公共场所众多的喷泉意在模仿山间的瀑布。布宜诺斯艾利斯的喷泉比日内瓦或者巴塞尔的喷泉更具有装饰性、更明显。"

澳门的人口密度世界第一，那么喷泉的密度呢？天然的喷泉是没有了，人工喷泉可真不少，那是南欧风情横的移植。

澳门的市中心就有一大型喷泉，本地人索性把"议事亭前地"称为"喷水池"。中国人爱水池，见池皆丢铜板许愿，"喷水池"水浅，以前趁游人不多，还可在里头打捞几个钱币，现在人流如鲫，半刻都不敢停留。

除了座地式，澳门还有许多挂墙式喷泉，那是我最讨厌的喷泉设计。二龙喉公园和民政总署大楼花园的喷泉，水从石壁的两个喷口射出（喷口多是动物、人像或神兽造型），涓涓流入下面的水池当中，远看就像循环不息地流口水鼻水的怪物，偏偏那正是澳门最有历史感和殖民地色彩的喷泉。

近年多了主教座堂前地喷泉以及"和丽女神喷泉"。"和丽女神喷泉"和巴黎常见的 Wallace Fountain 是同款，墨绿色、四女神的外形，内有涓流从上而下不断涌出，极具欧陆风情，据说澳门是继东京之后，第二个亚洲城市引进这位“女神”。它是澳门唯一可以直接饮用的喷泉，可惜使用率不高，大多数时间只是权充城市里一件雕塑装饰。

说起大型喷泉，南湾湖曾经设有激光音乐喷泉，据网上资料介绍，在悠扬乐曲、七彩灯光及花式喷泉的交织下，澳门融和门、大三巴牌坊、飞机、恐龙、几何图形、跳舞女郎等的激光投影元素“相当可观”。南湾湖激光喷泉的艺术效果其实“相当普通”，观光客想看国际级的华丽喷泉和高科技“水舞”表演，都跑到赌场去了，水为财好兆头，还伴有火焰和环回立体音乐，绰头十足。

要数我最爱的澳门喷泉，其实是宋玉生公园边上那数十条小水柱组成的地面喷泉。平时路过没看出端倪，冷不防水柱有节奏地涌射而出，大人觉得狼狈，唯独小孩玩得不亦乐乎；走在中间不想被沾湿，不仅要有运气还要靠逻辑推理，那是赌场林立的新口岸区最富童心的一片天地。

2013 年 12 月 17 日

亚热带的桑拿

网上流行说“三月不努力，六月徒悲伤”，自从下决心参加健身俱乐部后，常与健身器械和游泳池为伴，偶尔还会使用温水按摩池和桑拿房。有“芬兰浴”、“三温暖”等别称的桑拿，无论干湿我都无福消受，只能隔着玻璃门看一堆贵妇在桑拿房里流着汗聊八卦。

在寸金尺土的小城，不是每个家庭都容纳得下大浴缸。内地说的“洗浴”，广东人称为“冲凉”。从前居住条件差，许多家庭没有私人卫浴设备，洗澡要上街去公共浴室，十分不便，也不卫生。多少人朝思暮想有朝发达，非为大鱼大肉，而是可以有独立浴室天天在家洗澡。

香港至今还有二十八间公共浴室，替不少“劏房”住客解决洗澡难题。澳门除了泳池健身室的附属洗浴设备外，已没有甚么公共浴室，也欠缺日式的温泉文化或北方的澡堂文化，澳门人不习惯和陌生人肉帛相见，所以总有些澳门旅客去日本泡温泉时坚持穿泳衣。许多澳门学生去北京念书好几年，也始终跨不过百人大澡堂的门槛和心里那道坎儿。北方人笑广东人在澡堂洗浴还坚持穿内裤，广东人笑他们一周才洗一次澡臭得发酸。

澳门人对公共浴室真的那么介怀吗？恐怕不是。大街小巷的酒店赌场，放眼所见招牌都是××浴室××桑拿××水疗××芬兰浴，仿佛澳门人都有洁癖。不用说都知道那是龙蛇混集的色情场所，天天在澳门报纸刊登火辣的宣传广告，不少香港报纸更经常绘声绘影专文点评澳门各间桑拿的“贴身服务”。

其实在澳门这个亚热带地区，一到夏季就自动进入又湿又热的桑拿天，在路上走几步或家里坐着，也不免大汗淋漓，有时候一天要洗几次澡。但在冷气大开的健身室内，即便是夏季，热水按摩池和桑拿也不是甚么难耐的事了，仿佛只有人工的高温才能增加新陈代谢的速度，户外的炎热却可免则免。

说起速度，大家在桑拿中心的洗澡过程都是慢镜头。小时候在澳门，母亲军事式训练我五分钟洗澡完毕；后来北京大学在宿舍也装了刷卡式的淋浴设备，刷一下扣一次钱供水五分钟，每个晚上我都不会刷超过两次；到外地出门穷游更是大派用场，在西安试过因为民宿的太阳能电力不够，为了省水给同伴，破纪录三分钟洗好……

香港八成人口使用海水冲厕，节省两成食水；政府称澳门条件所限，只能维持用食水冲厕。水资源宝贵，政府努力宣扬的家居节水概念已深入民心，但桑拿水疗中心盛行的澳门，商业耗水量有增无减。现时澳门商业用水占总用水量四成，根据《澳门节水规划大纲》咨询文本，与2008年相比，澳门用水量于2015年预计有四成增长，于2020年，增幅更高达六成。

泡澡洗浴也许身心舒畅，温室效应却使地球如同高温桑拿房。每次经过那些私人企业的“公共澡堂”，我都不禁想起母亲念兹在兹的五分钟洗澡法。

2014年5月27日

大甩卖的风景

这几年澳门最瞩目的街道风景，应该是老店的结业大清货和中小企的搬迁大甩卖。

结业清货的销售老梗在内地很普遍，澳门也不例外，人流畅旺的市中心，门口长年贴着“最后一天跳楼价清仓、结业赔本终极甩货”此等夸张横幅的商店也有好几家。店员每天都说最后营业，颇有印度哲人“视每天为生命最后一天”的洒脱，日日如是打悲情牌，安然过了好些年还屹立不倒。

但澳门这几年的“大甩卖”大多是玩真的。旧式钟表行、老派餐馆、文具店、布行、书店、餐具批发商、海味店、茶商、家具店……一家又一家接过“大清货”的棒子，不情不愿也得跑上一段“光荣结业”的接力赛。澳门没有甚么具规模的跳蚤市场让人捡好货，精打细算的消费者一收到某信誉老店“结业大清货”的消息，都像嗅到血的秃鹰，小店里再多人也要挤进去捡便宜。平日阮囊羞涩过门不入的文艺青年闻风而至，不买也得去摸摸看，留些指纹拍几张照，在脸书打卡缅怀哀悼一番，算是对反全球化浪潮表了态，把该尽的“社会责任”尽完了。

高租金、没年轻人入行、经营成本上涨吃不消、拚不过外地连锁商店大财团、顾客群体和消费模式转变等等，都是导致澳门许多老字号中小企倒闭的致命原因。澳门奉行市场经济，似乎也躲不开“创造性的破坏”的魔咒——资本主义自由市场上的工作机会、公司，甚至整个产业不断的汰旧换新在所难免。

那是不是因为有“创造性的破坏”，所以老店没有推陈出新迎合潮流挺不过来，就是他们活该？不完全是。老店并非被雨后春笋般的年轻人开的小店赶尽杀绝，而是被大财团的铺租迫上绝路，地产霸权是一大因素，贪新忘旧的消费者也是同谋。就像每当有书店消失，我们都会义愤填膺指责本土阅读风气差劲，没有政策扶持出版业，却很少躬身自问，自己一年到底在澳门的书店买过几本书？

人大多天生向往安定，要大家张开双手拥抱改变不是容易的事情。我在澳门的购物欲一向很低，近年家里却突然多了许多杂物，大部分是结业大甩卖的战利品。当我手中拿着一只法国手工制、花纹讲究却只卖二十块钱的玻璃碟，还在犹豫不决想杀价时，老板娘幽幽地对我说：“这种好货色以后就没有了，厂商搬到内地，将来只会进中国制的了。”店里的客人都沉默不语。

2014 年 3 月 31 日

城市，深深的抚摸

夏天，是澳门削骨抽脂的整形期，挖得四处开花深可见骨，柏油路底下的水管电线重见天日，脚下到处都是摇摇晃晃、修路用的临时木板；秋天，则是为了格兰披治赛车的磨皮美容期，走在路上，明显感觉到新路面的凹凸不平。那是通勤族一年两次的噩梦，用脚板感受城市的路人的季节历。

小时候很讨厌去中区的喷水池和板樟堂，卵石路对小孩娇嫩的肌肤来说，实在太刮脚，犹如走在保健用的卵石径般刺痛。板樟堂的卵石在回归前，被换成漂亮整齐的葡式方石，脚底不痛了，但游人如鲫，来回走一遭，倒是脚面被踩得满是脚印。

建筑材质，其实是一部沉默的城市发展史，板樟堂正是一例。16世纪后期，西班牙教士在澳门用木板搭建简陋的小教堂，该区因此被称为“板樟堂”，后来辗转变成今天鹅黄色外墙、砖木结构的玫瑰圣母堂，楼上还有吱吱作响、严格限制参观人数的古老木板楼层。此外，大三巴牌坊的麻石阶梯及前壁，哪吒庙的砖木结构，用稻草、泥砂、细石及蚝壳灰夯土而成的古城墙，大炮台的花岗石配蚝壳粉灰泥批荡，以及稍远一点，卢家大屋和郑家大屋的青砖结构，无一不是人们就地取材，物尽其用，为适应澳门气候环境的智慧结晶。

如今的澳门，和许多现代都市一样，早已是钢筋混凝土、玻璃幕墙和云石板的天下；拉斯韦加斯赌场的建筑设计，到了澳门连汤药都懒得换，直接来一个缩小版倒模复制。相对于旧日透气散热的建筑，阳光下的高楼折射着强光，刺眼滚烫，或在阴雨中，像一块块滴水不进的方尖碑。

许多人谈论城市的材质，都只能述说它的建筑物，很难描述陆地如何从海上冒起，泥土如何在岁月中沉淀结实，天际线如何从一望无边到满目高楼；要能亲历材质沧海桑田的变化，恐怕花掉一辈子的时间和运气都不够，然而澳门高速填海造陆盖房子的节奏，让许多年轻的澳门人如我，每天目睹一片又一片新土，如何像千层蛋糕般在海边堆起。

法籍波兰导演基耶斯洛夫斯基的电影《蓝》中，丧夫的女主角如同行尸走肉，沿路用拳头摩挲路上的石墙如同触摸心墙，直到手被粗糙的岩石磨得流血受伤，用肉体之痛抵抗心灵之痛，但她的疗愈过程，还要靠家中的老鼠、路边的音乐、咖啡厅的方糖、街头长椅上的微风和阳光（以及在大街明察暗访小三的下落）。每个人心中的城市都有不同的材质，可能是坚硬的青铜或易碎的玻璃，但经验告诉我们，要深深抚摸一座城市，除了用手感受媒材，还要用脚，用眼，用嘴巴，用鼻子，用耳朵。

唯有如此，才能和一座不断陌生化的城市保持相爱。

2014 年 9 月 15 日

椅子上的流动风景

澳门是在路边呆坐的理想之城。简洁舒适的公共长椅出现在每个角落。

广场和公园里刷上墨绿色油漆的欧陆木椅，永远是看行人的最佳场所，岗顶剧院前地、民政总署大楼、三盏灯圆形地，都有舒适透风又实用的木制长椅，尤其在澳门这种经常下雨的地方，有了恰到好处的缝隙，自然省了扫落叶和清积水的工夫。

近年大量旅客涌入，路边的公共椅子早已不敷应用，板樟堂前没有靠背的石椅，不分昼夜坐满了人，那是比议事亭前地更适合看风景看行人的地方——四通八达，国际连锁店林立，更重要是正对着巴洛克风格的圣母玫瑰教堂。我有时在那边呆坐一会儿，想想接下来要去附近哪家小店吃饭，或等储足了喧闹，再转到澳门最美的独立书店“边度有书”，在品味独特的音乐声中，坐坐他们那张被阳光晒暖的布沙发。书店的猫咪不怕生，好几次窝在我的肚皮上，把我当成一张合乎人体工学的单人椅。

至于大三巴牌坊，我总是推荐朋友黄昏后再去看，避开直射的艳阳和拥挤的人潮，最好也在麻石石阶上坐坐，在肃穆沉实的氛围中，洗涤烦嚣。

水塘休憩区刚建好的时候，它的不锈钢包边长椅，是澳门最佳的公共座椅，那些可以三百六十度旋转的单人椅子，特别适合呆坐和谈心事。后来到这里跑步的健儿越来越多，甚至常常有输光了的外地赌客或无所事事的黑人露宿过夜，长椅全都加上防躺卧的扶手（bum proof）。为了旅游城市的美好形象，政府可不想游民在长椅上流连。

生活优渥，民众开始讲究享受，除却巫山不是云，对座椅也有了高要求。屁股习惯了大型IMAX戏院的红丝绒，永乐戏院那些吱喳作响、年代久远的漆皮椅子，如今大家都嫌窄小。五星级酒店、米芝莲高级餐厅，乃至政府部门购置的外国名设计师椅子，坐卧感受之特殊，自然不在话下。

旅客和外地劳工大增之余，澳门也面临着人口老化，公共椅子的需求更加逼切。据政府统计资料显示，老年人口比例将由2011年的7.2%上升至2036年的20.7%，届时每五名澳门居民中，便有一位是六十五岁以上的长者。现在长者外出，手持的拐杖大多有雨伞功能，那种与塑料折凳合一的拐杖也颇受欢迎。小孩老人不耐站，巴士站的“太空风格”银色不锈钢椅子只能坐三人，更不用指望挤上巴士后，会有人愿意让出那黏屁股的塑料椅座位了。

无法独享澳门街头的公共椅子，也买不起进口设计椅子的话，不妨去买一张被喻为“十大武器”之首的折凳留念——它可能是最被人忽略但最实事求是的澳门伴手礼。

2014年10月29日

街灯，昏黄的街灯

每到一座陌生城市，我总是特别留意它的街灯。

许多人以为街灯不过是一种公共必需品，就像平平无奇的垃圾桶一样，其实它最容易反映出城市的性格——以照顾行人、单车还是汽车为主，或是浪漫派、实用派、浮夸型、暴发户式、简约古典、性冷淡风、禅意、贴心、矫饰主义、华而不实、虚张声势……

游客如我，可能只记得香港七彩缤纷的广告招牌，不太在意香港白煞煞的街灯长甚么形状；或许对台北偏暗的照明灯有些记忆，却又不及夜市里高挂的黄灯笼红灯笼，热闹得让人想念。

内地各省市的街灯，是最让人莞尔的。有些设计新颖，如释迦佛头体积庞大，照明亮度、广度和功率却比不上一盏小灯，尤其是偏远一点的三线城市或乡村，灯柱密度远远不足。赶夜路的司机们不得不开着远程射灯互相伤害。

街灯对城市风貌有着关键影响。都爹利街的花岗石石阶，被喻为香港最浪漫的地方之一，石阶上有四盏全港仅存、于19世纪制造的煤气街灯，每晚6点，准时为城市带来一抹温和的淡黄。澳门已没有煤气街灯了，旧城区及重要旅游区的街灯，以葡式风格为主，新马路及疯堂一带的墨绿色街灯下，还挂着一左一右两盆粉红色小花，典雅清新。打理街道植物的工人们，每天用特制的超长浇花器浇水，像两个世纪前的点灯人。

澳门最著名的街灯，大概是“三盏灯”。俗称“三盏灯”

的“嘉路米耶圆形地”的灯柱上其实有一大三小共四盏灯，但因为视觉上的误差，经常被看成三个灯泡。来“三盏灯”的人又怎会是为了看灯呢？往往是被这里让人食指大动的南洋美食所吸引。三盏灯，其实是老饕的明灯。

小时候以为街灯的选择，不过是政府某个采购专员的审美决定，原来当中有大学问。除了要达至适用、节能、安全等原则，还要考虑用电量、维修保养、道路安全、光污染及空气污染等问题。废物回收走在两岸四地前列的台湾，已宣布将自2015年起推动“水银路灯落日计划”，投入五十多亿元新台币的经费，预计两年内将全台近七十万盏水银路灯汰换为LED路灯，以节能减碳。澳门自2011年起也推行逐步替换LED街灯计划，以节省能源，然而还不时出现白天无故亮灯，天黑了路灯却没有亮的尴尬情况。

有些科技迷因此建议引入荷兰的感应式照明系统，用传感器侦测车辆及行人，以控制路灯在人车通行时的亮度。但这套系统在澳门应该会水土不服，在人口密集、车辆早晚乱窜的不夜城，这些感应式街灯大概只会被弄得神经紧张。相对忽明忽暗的“鬼片”灯效，谁不迷恋那淡然自若的黄色灯光？它为罪恶之城加了一层唯美的滤镜，看着看着几乎就是心之所安。

2014年12月15日

街道的灵光

《小王子》里提及的“第五颗星球”，常常让我联想起澳门。

“第五颗星球”是群星中最小的一颗，面积仅够容纳一盏路灯和一个点灯人。那个“点灯人”用带灯芯的长棍，不断重复点灯灭灯的动作，“按章办事”就是他生活的全部意义。

正常的作者，这时候都会毫不客气地展现嘲讽的本领，唯有修伯里如此柔情：“小王子无法解释，茫茫太空中，在一颗没有房屋、没有居民的星球上，一盏路灯和一个点灯人干甚么用。可是他心里对自己说：‘可能这个人的行为荒谬。可是决不会比国王、爱慕虚荣的人、商人、酒鬼更荒谬。至少他的工作有一种意义。他把灯点着，就好像他对天空增添了一颗星星或一朵花。’”

在产业不算多元的澳门，居民的工作大多单调重复，像“点灯人”一样做着等待被时代淘汰的事。澳门也不是《小王子》里得天独厚的星球，一天二十四小时有一千四百四十次日落。然而昏黄晚灯中的澳门，就是一出演不完的戏，它让审美，变成这里的居民与生俱来的能力。

错的霓虹让城市庸俗，对的街灯使城市性感；大学里的路灯，永远是青春和爱情的道具。电影《中国合伙人》中的成东青，用大学的街灯照出“LOVE”字来追女生；现实中的大学街灯下，多少情侣拥吻谈心，离离合合。北大宿舍规定晚上十一点断电，那时为了赶课业，也曾拉了同学在鹅黄色的街灯下看

《现代汉语》练普通话。那是又苦又快乐的青春岁月，回忆里的每个场景，都是最深刻的剧照，用上最迷人的光圈。

人们以为建筑决定了电影感，其实电影作为光影的艺术，路灯的色彩往往是塑造氛围的功臣。香港虽然拥有世界闻名的璀璨夜景，但落到细微处，许多香港导演还是喜欢来澳门拍外景，巷弄的醉人夜色和浑然天成的沧桑感，不是能盖出来的。

就连好莱坞也在为街灯烦恼。洛杉矶正在把14万盏传统路灯换成LED灯，以省下七百万美元的电费和二千多万美元的维护费用。意想不到的是，洛杉矶传统的卤素灯和LED灯的光谱色温相去甚远，换装LED路灯，令好莱坞电影里微微泛黄的夜色，变得更具现代感，好莱坞电影里的夜景从此不一样了。

试想想，如果澳门的黄色街灯全换成惨白色，直直照着世界文化遗产建筑群，恐怕韵味顿失。但假如只考虑美观，整个城市都是黄乎乎暗沉沉的，也是唯美得乏味。幸好澳门还知道适可而止的重要性。就连简单的一个外港水塘，也用了圆球形、环形及欧陆式三种风格的街灯照明，其高度、密度和亮度让人看着就很舒服。

本雅明说，机器复制时代的艺术作品，因为重复而失去了灵光。如果说城市也有所谓的灵光乍现，应该就是大桥和水塘的照明灯，突然在黄昏中亮起的一刹。那是新星诞生和花开的瞬间，让城市每天重复的美，仿佛一下子有了新的意义。

2014年11月29日

掌心中的人情

每次接待欧美来的长辈，总觉得他们像电影里的帅气老江湖。到酒店大堂报到入住，服务员帮忙提箱子，大门保安协助叫出租车，最后一握手，掌心那不知何时已准备、折叠得大小刚好的纸币，顺溜地滑到对方手里。大家心领神会，道谢的道谢，微笑的微笑，两生欢喜。

到拉斯韦加斯旅游，半路遇到一个韩国学生腼腆地问我，有没有用过那个“二十元小费绝技”（20 Dollars Trick）？相传在拉城的酒店柜台报到入住时，只要在信用卡下夹一张二十块钱美金，服务员就会自动帮忙查看有没有免费房间升等的可能，听说成功率达八成。亚洲许多国家没有给小费的习惯，但小费在北美（尤其是拉城）早已约定俗成，所以每当人在北美，总要随身带着点零钱才觉稳妥。

澳门人和香港人一样，把小费称作“贴士”（tips 的音译），除非特殊的人情状况，否则澳门人很少会特意给小费。一是澳门餐厅酒店的收费大多已包含服务费；二是经济好了不过十多年，才刚刚摆脱跨代贫穷，大多数人还是活得很抠门。但更多时候，在澳门消费经常要看服务员的脸色，小费根本给不下手，遇上一两个态度亲切有礼的，钱财已不能表达情意，感动得几乎想要抱着对方痛哭流涕。对澳门人而言，小费不是人之常情的体恤，仅仅是一种超水平发挥的打赏，或网开一面行个方便的心意表达，和社会贫富差距没有关系。

在北美的咖啡厅坐下来喝一杯咖啡，餐单上标价五美元，埋单最后还要加税加小费；要是忘记给，有时还要遭受白眼甚至讨骂。不成文的规定是，无论店家服务态度多差，小费必须要给，只是多给一点（总价的百分之十八至二十或更高），还是只给最低标准（总价的百分之十五）的差别，连外卖店的柜台或街边小摊，都会有一个专门收集小费的杯子。小费文化在北美如此盛行，主要是因为低层服务人员的底薪没有保障，小费往往是他们的主要收入来源。服务越殷勤仔细有礼，越容易得到高的金钱回报，小费文化既符合资本主义自力更生的宗旨，也呼应基督教天主教中的施予精神，同时是一种对劳动人员表达尊重的方式。一旦约定俗成，就不是甚么好烦恼的事了。

美国一家墨西哥餐馆，曾有客人在新年期间给服务生留下二千美元的小费，足以成为全球新闻；澳门赌场里的富贵赌客打赏筹码动辄千元万元计，赌场公关一晚拿十六万澳门元小费，早已不是甚么惊天动地的业内传说。澳门作为亚洲拉斯韦加斯和旅游城市，单是掌心中的人情世故，大概足以写出许许多多轰烈的赌城故事，但甚么时候它会变成一种普及文化，而不是暴发户式的炫富手段？又或者反过来说，澳门的服务业界何时能像日本那样，把小费视为多余，把敬业乐业、以客为尊视为理所当然？

2015 年 1 月 15 日

拍与自拍

活在旅游城市的好处，是很容易察觉到旅游风尚的变化，旅客爱用甚么旅行箱、旅行袋、保暖风衣、休闲便鞋等，到中区走几圈便一目了然。

中午时分沿大三巴牌坊拾级而上，无疑是痛苦之事，因为旅客的身体距离、动线、行进节奏、停顿频率迥异，穿梭其中如过木人巷，经常在人流中被推被撞，这一年最常被一支支天线般的“自拍神棍”敲头、打脸、推挡。

“自拍神棍”(Selfie) 即自拍杆，堪称“华人最爱”，据旅游网站统计，最爱自拍的亚太地区三甲分别为香港、台湾和中国内地，远远超过澳洲和日本。自拍杆伤人的报道时有所闻，本来也不在意，直至早前去美国旅游，发现手持“自拍神棍”的几乎百分之九十五是亚洲人，他们嘻嘻哈哈挥动着坚硬的自拍杆冲锋陷阵固然可恨，但看着他们在大峡谷轻松和悬崖峭壁玩自拍，独自外游的我也恨不得像刘备一样手长过膝，能把相机举高一点。其他同样没有“神棍”的旅人，向我投来同情目光，主动问要不要帮我拍照，“神棍”的出现，让我们这些排斥“自拍杆”的独行侠更互助团结。

美国《时代》杂志选出今年全球二十五大最佳发明，包括火星探测器、3D 打印机、无线输电技术等，“自拍神棍”居然入围，足见其影响力。不求人的拍摄工具，既减少了相机被抢的风险，又可以拍出自己想要的画面（见识过太多情侣在旅途中抱怨另一半完全没有构图观念，更不用说敷衍了事眼睛根本不看取景器的导游，或对陌生人拍摄技巧异常挑剔者）。“自拍神棍”必要时还可以用来防身自卫。这也是为甚么韩国、新加坡等地开始规范“自拍神棍”的使用，以免危害公众安全影响市容。

作为旅游狂热分子，我自问很了解旅客的心态，好不容易到了一个陌生的城市，自然想奋不顾身记下比别人更精彩的瞬间，把城市中所有的人事物视为理所当然的免费模特儿。所以旅客在澳门本来就狭窄的路中央突然停下来拍花花草草，在行进困难的闹市拍摄旁若无人的旅游婚照，坐在我公司楼下的回廊上摆出恍若身处南欧度假的放肆姿势时，我都能接受、理解、让路。

日本街拍大师森山大道说过，拍摄的精髓就是要拍出自己的欲望。旅人于是把大师的话奉如圭臬，强把别人的日常当作能免费公开展示的永恒。拉萨的藏族老人，最讨厌观光客拿俗称“长炮”的长镜相机逼贴着他们的脸，贪婪地拍个不停，甚至挡着转经的路和三步一磕五体投地的礼拜。在纽约，我也曾因为无知，远远地拿起相机拍摄公园里野餐的学童，被带队老师严重警告。

底片时代，我们还看到节制的美学；进入数码时代，无限自拍，无限乱拍，我们已看不到别人的欲求，只沉醉在自己的欲望。旅客有时是我们的镜像反射，望着他们，就像看没有修图的自拍照一样，总是把所有心神都花在呈现自我。

2015 年 1 月 30 日

阅读一座城市

偶尔有摄影师要求到家中拍生活照，我都会拒绝，理由是那里没有他们“理想中”的作家书房。有些北京作家说他们特意买一间房子来藏书，我自然只有羡慕的份儿。

参观有钱人家的房子，甚么高级装潢名师设计名牌家具我都提不起劲，唯有看到好几幅高墙大小的书柜时，才有“黄金屋中自有书”的感慨。内地的书柜配置服务早已非常专业化高端化，可以根据客户要求代购书籍，四书五经、百科全书、《金刚经》、黑格尔《逻辑学》、《严复全集》应有尽有，高大上、小清新、商务型、全才型、艺术品收藏家型都可以轻松打造，客制化书单绝不含糊重复。俗语说“不要以封面判断一本书”，现在是“莫想透过书架了解一个人”；要是家里的书架上，尽是些“修身齐家治国平天下”的严肃书籍，越让人觉得可疑——保险箱里大概锁着本翻烂了的《金瓶梅》吧？

噢不！在数码影像时代，连看图说故事的《花花公子》都落伍了，谁还有心思读文字？

若是觉得高端的客制化书单服务俗不可耐，倒不如光顾亲民又实事求是的小店。日本北海道砂川市的一间独立书店，在十多年前就开始了“一万日元预算选书订购服务”，生意异常火爆。客人只要向店家提供个人工作背景、兴趣、喜好书种等基本资讯，便会收到一箱店主为其量身选购的书籍。这种贴心的选书服务，在资讯爆炸和网购泛滥的当下，意想不到地为艰难求生的实体书店杀出一条血路。

澳门的大户人家或暴发户，比较没有那种附庸风雅的兴致。“书”、“输”同音，在澳门这个博彩之城，书籍销售没有市场，大概觉得家里书太多会有损风水。澳门的书店经营者在千万自由行旅客的机遇下，依然摆脱不了阅读率和购书率低下的寒冬，加上电子出版日趋普遍，没有心思做甚么“店员选书”、“客制书单”，也是可以理解的。

房子太小，好书太多，唯有尽量克制购书欲，到公共图书馆借书看。内地不少城市已运用“自助贩卖机”的概念，像北京、福州等城市，街头都设有“自助借还书机”。澳门虽然还没有“自助借书机”或“自助购书机”，但至少有可爱可亲的“流动图书车”，当年母亲养病期间，行动不便，就主要透过停泊在家附近的图书车借阅书籍，可算是澳门少有的贴心的公共服务之一。

虽然公共图书总给人不洁的感觉，但澳门图书馆的书籍却大多新净得叫人吃惊（即使有防虫剂的怪味），有时候翻看一下贴在书背的“还书日期单”，便知道许多书其实都没有经过人的抚慰，年复年寂寞地竖在丛林般的书架上。

娱乐至上的博彩之都，也许真的不在乎也不需要阅读；但游客如果不仅仅想和澳门有肌肤之亲，而是想深入了解它的历史和不为人知的细节——阅读，可能是最为清晰的一种渠道。

2015 年 3 月 13 日

亚热带的坦白

澳门人晾衣服，有一种亚热带的坦白。

走在旧区的小巷，衬衫、裤子、袜子，以及各种颜色的底衫内衣，在你头上不到两米处轻飘飘地悬挂，每次过道上班上学去，都要经历它们的洗礼；下坠的床单，踮起脚尖一伸手便可以触及，主人睡的是双人或单人床，小孩有没有尿床，生理期半夜经血渗漏问题严不严重等，一目了然。隐私尚且不在乎，车子经过扬起的废气尘土又算得了甚么。

论晒衣服的壮观程度，澳门旧区和里斯本旧区阿尔法玛完全有得一拚。

小时候住在口字形的经屋群顶层，衣服都得用竹子晾在半空。每次把手伸到半空中晾衣收衣，都夹杂晕眩和心惊，仿佛在进行一场高难度的架接手术般吞咽困难小心翼翼，整支晾衣竹失手掉到天井也试过数次。在楼道晾衣的坏处是没有保障，变态男偷内衣的事时有听闻；好处是多了一件应急工具——母亲曾经近乎展示神迹般，把晾衣竹插进屋子窗户，取得那谁都忘了带的门匙。

但大多数时候，看着公共楼道内外挂满衣物，我的破坏癖也会忍不住发作。某天下午，我在家无聊得走火入魔，把人家烧剩的纸钱元宝灰烬从大厦顶层撒下，直到整个经屋群每家每户晾晒的衣服都沾满黑色碎屑。那是我童年记忆中极富舞台效果的场面之一。快感过后，自然换来街坊们的一番痛斥。

90年代的香港，常常有晾衣竹掉到楼下砸伤行人的新闻，后来改用拉绳式的新型晾衣架，又不够牢固，人掉下来的惨剧偶有发生。澳门常见的僭建物，正是突出外墙、状如半个鸟笼的铁窗框，有时在阳台也围上一个。在这些“笼子”里晾衣服，最得体、隐秘、安全，但也不是万无一失，晾衣用的伸缩丫叉、轻巧的小背心、心爱的纪念T-Shirt，还是会在某个大风天或失神的片刻，逮到机会到街上蹓跶，从此在江湖上销声匿迹。所以说，习惯澳门的房子，还得从习惯晾衣架开始，它会告诉你连气象局也说不清、独独为你家中所有的天气数据——一切只能凭经验测出的风向、风力、日照、湿度等资料。

也许有人会说，用室内坐地式、可折叠的晾衣架不就一了百了吗？畏高、伤亡、被盗等困扰大概也能随之消失吧？我在北京、加拿大和美国这些有暖气的地方用过，效果真心不错，甚至有增加房间湿度的作用，然而在终年潮湿的澳门，这种室内使用的折叠式晾衣架不仅占地方，衣服永远也干不透。

我因此羡慕老一辈对街头和人群的信赖，对传染病和细菌有极强的心理免疫力，敢于在路上晒干货的同时，也在公园、广场、健身区，乃至马路栏杆上晒棉被、枕头、鞋子，晒各种在家里晒得不够爽快的东西。要是有那么一个地方可以晒晒书，你说有多好，可惜在澳门活了如此多年，还没有见过这种比舞台剧更超现实的盛景。

2015年4月29日

音乐，在路上

公共巴士上的电视装置越来越多，充斥着广告和作弄人的低智闹剧，很是烦厌。突然又想念北京的出租车，师傅老是在听电台武侠广播剧，在大气电波中，也能感到说书人的七情上面；要不就是听路况讯息，北京路上那个堵啊，不靠群众智慧来克服是不行的，手机短讯一边报告路面实况，一边侃大山苦中作乐，这种事真是大城市才有。澳门的路堵起来，有时不输京城，但毕竟面积小，即便是乌龟式前进也能早晚到终站。

最多澳门人收听电台的时段，大概就是早上通勤那阵子，市民打电话到电台时事节目，对政治民生事务发表意见，怒气冲冲投诉申冤的也不少，政府部门和学校的公关人员都不敢怠慢，只要是上班日的早上，就乖乖打开网络收音机听着，希望不要被点到名。有时在巴士上听到主持人连珠炮发，说到大众的痛处痒处怒处，一车子人都沉默不语，又暗暗感到愤怒的火苗各自燃烧。

轮候甚久才挤得上巴士，已教人肝火大动，有些乘客爱拿巴士司机当出气袋，粗口问候是家常便饭，司机再让乘客听火爆的电台政论（其中不少是投诉交通问题），简直火上加油。有时巴士上的粤语广播，仔细听着，发现口音、用语和街名都不同，原来是珠海或香港的电台节目。澳门有些巴士司机索性自带卡式录音带，播起热闹的电子音乐或高亢民歌；司机若是甚么也不播，上了年纪的乘客倒嫌太安静了，索性打开手机扩音器放着歌库中“我的最爱”，迫一车子人陪他听足全程。那从来不是古典音乐或爵士乐。

澳门的通勤族，戴耳机听音乐的比例不算多，却常常蟒蛇般整个人盘着巴士的扶手，捧着手机追看电视连续剧，也有不少下了班的赌场职员（只匆匆换了上衣，下身还穿着制服），全神贯注地用手机打电子游戏——打麻将、Candy Crush、赛车……连公交车拐弯的提醒广播都没听进去，一拐就整个人投到邻座的怀抱里。

澳门公共交通工具播放的电台音乐，经常俗不可耐，连放澳门歌手或西洋流行歌的用心也没有，不是香港K歌，就是台湾K歌。虽然没有香港电视剧常见的“电台点唱表白”情节，但这种俗是可爱的，是澳门人最鲜活的市井记忆。因此我喜欢看通勤的人，他们的脸、手、站姿、体味，戴着耳机听音乐时的轻轻摇头摆动……这些都反映着城市的变迁，抵抗着生活的平淡平庸，述说着无限的故事。

2015年8月31日

舞动的种种

每天上下班途中，都能看见大妈们三三两两跳着小狗式的健美操，和内地动辄上百人的广场舞奇观相比，真是小巫见大巫。回力球、太极球、太极剑、八段锦，倒是因为政府文康部统筹，在塔石广场或室内体育馆里有条不紊地操练；加上持续进修基金的六千元学费补助，学跳舞的人越来越多了，学街舞也不用日晒雨淋。

我本质上没有任何舞蹈基因。小学时学过一年中国舞，没有被选去表演（老师安慰我说，全因为我头发太短）；到大学必修健美操，我是每次都带着一泡眼泪下课——永远记不起下一个动作、摆动次数和方向，对于军人出身的健美老师来说，看我跳操简直是漫长的折磨，男生的体育必修课却是缓慢的太极拳啊，这样的必修分类完全是性别歧视。后来还说要每天清晨五点到大操场集体排练，准备国庆的时候到天安门表演，我睡眼惺忪地混在几百人中吃力地边跳边掉拍子，从高处看去，就像白粥里的一粒老鼠屎。跳完之后匆忙吃个早餐，还要去上英语听力课，好几次我都戴着耳机直接睡死在桌上，太困太累压力太大了。咬紧牙关，地狱式训练了整整一个学期，最后全部人都去不了天安门，这个国庆表演节目被抽起。该不是因为我拖了大伙儿的后腿吧？

有时候真心羡慕电影和小说里的西方人，男女老幼上中下层人士都随时能翩翩起舞，好像是一种与生俱来的社交技能

（在简·奥斯汀那些寻觅理想丈夫的小说中尤其关键）。亚洲人看似守礼拘谨，实则也是舞蹈大本营，少数民族能歌善舞，生猛有力，质朴动人；街舞狂潮直卷东亚，韩国年轻人更是把跳舞和健身看成两种必备的求爱武器。

不论中外，高手与菜鸟总会在同一个舞池狭路相逢。许多老外和我一样有舞蹈僵硬症，不少人为了婚礼和毕业舞会，专门去学几段舞应对。在澳门，很少机会看到葡萄牙人在宴会上跳舞，看得最多的，也不过是旅游局宣传用的葡国土风舞。近年赌场遍地开花，越开越大，请性感艳丽的舞者在赌场外围表演，也是一种引客法宝。这种“快闪式”的舞蹈表演，偶尔也出现在澳门街头（通常是街舞），乍看徒劳无用，但年轻人有想法有行动力，永远是一件好事。可惜澳门至今仍没有职业舞蹈团（上世纪曾经短暂出现过官方芭蕾舞团，以及外地引进的巴黎艳舞团），让舞者得以一展所长。

澳门人不算热衷跳舞，现代舞芭蕾舞的门票销情却相当不错，观众大抵是把台上潇洒的舞者，看成理想化的自我投射。我偶尔也因为工作原因要跳一下广场舞——就是那每年一度的“世界挑战日”啊，一想到澳门要和地球上的另一个城市隔空对赛，便有一股不怕丢脸的雄心壮志，跳到天荒地老。至于其余的三百六十四日，只好继续当一个四肢不勤的舞蹈白痴。

2015 年 9 月 28 日

斑驳日常

澳门最被人忽略的美，是它的斑驳。老旧失修、掉漆严重的建筑物外墙，苔藓和攀缘植物处之泰然地衬托着岁月的痕迹，生锈的铁门和铁窗花充满世俗和历史的气息，乏人问津的葡式老宅，鬼屋一样屹立在闹市中心，居民买菜、赶路、闲聊、遛狗，早已把这些斑驳看成日常生活的一部分，没有人好奇它们的存在和去留，只等政府文物保护部门去动脑子。当年郑家大屋修缮多年，市民质疑为何不直接改造重建，政府部门却坚持慢工出细活，强调要修旧如旧。文化工作除了深思远见，有时还需要择善固执，郑家大屋至今仍是澳门最漂亮的中式大宅。

这些千金难万买的斑驳，正是澳门吸引摄影师和电影人的地方，要用镜头营造三四十年代的老香港，不妨去澳门的内港码头转转，那些旧房子外的大钟常常是坏的，跑快了跑慢了，也没有人想要修正干预。旅客希望时间在这里永远原地踏步，老街坊则希望旧区更新转变，却又矛盾地为变化太多太快感伤惆怅。

“千金难买”不是比喻，是实际经验。当年要为澳门某展览做一个小小的装置作品，我请工作人员帮忙找三块越残旧越斑驳越好的木板，以拼合成一个三角形的展板，他们却只找到崭新的木板并油上新的白漆。也怪我懒惰——听说荒废的路环旧船厂那边，很容易捡到残旧的“宝物”，一些外地艺术家朋友最爱去路环拾破烂，时间已经为他们打好草稿甚至涂好颜料，他们要做的，只是把现成但蒙尘的美释放出来。

个人的渺小遇上历史的浩瀚，让人感到心安。澳门处处是旧楼旧墙古迹古教堂古庙，想从旧物中得到少许厚重的安慰，只要到街上晃游，或到博物馆隔着玻璃看看就心里踏实。澳门天气潮湿，物件极易发霉生锈，保存不易，需要百般呵护的身外物多了，反而是一种烦恼。

纵观两岸四地，澳门早已把斑驳美学演绎到一个极致。财宏势大的赌场盖得了金碧辉煌和脑洞大开的新颖高楼，却打造不出岁月的氤氲之气。为旧建筑抹上新油漆或干脆拆掉十分容易，但斑驳背后的故事却随时灰飞烟灭。历史永远是真正价值连城的东西。

2016年1月15日

一封信，一条长街

有时候，我以为自己住在墨西哥某个偏远小镇。从家里到邮局取挂号信，要走四十五分钟，坐巴士也差不多同样的车程时间。回流工作的朋友，说澳门早晚高峰和周末的堵车情况，比京城还要厉害。

以前取挂号信，都必须在议事亭的邮政总局领取；后来邮件分流，我家附近的信件被强行划分到红街市邮政局去。初级卫生护理也是这个样子，一日是黑沙环的人，不要幻想在塔石卫生中心看医生。有效管理，有时就不近人情，在澳门的九个行政堂区走着逛着，偶尔会联想起《饥饿游戏》那十二个不相往来的行政区。然而澳门才三十平方公里。

红街市邮局小小的也没甚么不好，就是那玻璃门大荒地老地坏着，每逢过年过节前后，排队取件的人龙总是多得排到街上去。职员冷漠但高效认真，不似水坑尾邮局的职员语带笑意又有温情，爱一边办事一边大声聊家常。

望厦邮局离我家其实要近许多，偏偏市民无从选择取件的地方。我起初是万分抗拒红街市邮局，它完全是我生活圈外的陌生之地啊，一个月专门往那里跑两三趟真是浪费人生。有时早上才刚去完，晚上回家瞄一眼邮箱，又塞了一张新的取件通知单，过期去取还要每天算罚款。对没有亲友可以代为取件的无车一族来说，确实很虐人，但愿独居老人不用受这种罪。

换个角度想，被硬性规定到某地取件也是好事。有了取挂号信或邮包的借口，每月就多了那么几次机会，好好在红街市闲逛。先在盛记吃碗温润的白粥，或到金城吃汤头鲜活的鸡肉米线；经过嘉诺撒圣心女子中学，感受一下传统女校的神秘魅力；接着到红街市邮局取邮包，然后过对面马路的红街市图书馆，借几本没人借阅的旁门左道的书籍；顺道到红街市买点海鲜、蔬菜、水果和鲜花。这时候，大概吃得下甜点了，散步到街市外的小摊吃碗芝麻糊或红豆沙，或沿途折返去吃价格不菲的义顺红豆双皮奶。

活化旧区，不一定要大兴土木拆卸重建，或大手笔搞文创市集美食嘉年华，规定最北边的居民，到城市最南边取挂号邮件，不但为的士司机增加收入，也能鼓励跨区消费。此计必然早有某个高瞻远瞩的臣子献过了。像我这样到红街市取一次邮件的开支，就远超我一字一血泪的稿费了。

2016年2月26日

货币的身世

“欧元没有，日元也没有。”

我跑遍澳门中区所有的外币兑换店，连几间大型银行都问过了，居然没有一间拿得出几张欧元、美元或日元。

“这哪儿像国际城市啊？”我有点纳闷，但这种鸟事已碰过不知多少回。“和相熟的银行职员提前几天说一声，人家才帮你留的啊！”朋友一边锉着指甲，一边慢条斯理地说，“在澳门办甚么事都需要人脉，你又不是不知道的。”

在这座早已立志为“人民币服务”的城市，换人民币倒是容易。人民币被国际货币基金会纳入“特别提款权”的消息让澳门人甚为振奋，因为那意味着人民币被正式认可为全球性货币，终于可以和美元、欧元、英镑和日元平起平坐。

港元一向和美元挂钩，近年却见风使舵，想要和人民币亲上加亲；呼吁澳门币和港元脱钩，改为和人民币挂钩的市井之徒也不少。当年澳葡政府管治进入黄昏，澳门币何去何从还是未知之数，母亲居然在全世界货币中，投资快要被欧元取代的葡萄牙币“士姑度”(Escudo)，结果贬值得凄惨。澳门币的低认受性，让澳门人也有危机意识，银行存款通常都会有些外币组合。谁都知道鸡蛋全部放在同一篮，没有甚么好下场。

进入千禧年，当世界各地都在谈论“全球化”时，澳门还在迷恋区域化这个未竟大业。澳门币国际化更是天方夜谭，出了澳门如同废纸，即使在广东、香港、台湾也不流通。澳门的所谓国际化也不过是以外资和外劳数据做指标，外资赌场、国际知名食府和连锁店遍地开花，全是澳门不再籍籍无名的象征，但城市货币的低认受性，狠狠撕破了澳门“伪国际化”的假面。

直至现在，人们还是改不了口，把澳门币称作葡币。货币的身世，其实也是一个地区乃至一个国家的身世。纵有千亿财政储备又如何？澳门币在环球经济上的无关紧要，真正反映出澳门这座因为“一国两制”而保有自家货币的城市，依然没有任何国际话语权。

2015 年 12 月 15 日

过　节

下一个十年，迎来甚么样的圣诞

朋友L连续六年没在澳门过圣诞节了，她在雪后极寒的纽约和我匆匆吃了一顿晚饭，再沿百老汇到时代广场吃芝士蛋糕，回家睡不到两小时便直奔肯尼迪机场回澳。圣诞节在美国是大节，L说，有钱的纽约客不管金融海啸迫在眉睫，早早订满了时代广场附近餐厅的圣诞大餐。

小时候特别喜欢十二月，先是校运会、大大小小的弥撒，再来就是回归纪念、圣诞元旦假期，几乎都不用上课。我通常在假期头一天便完成所有寒假作业，然后安心启动百无聊赖的放假模式。在北京，尽管圣诞节就是考试周，也会把心一横和朋友约到外面吃饭。五道口和中关村没有圣诞气氛可言，但仍车水马龙，平安夜当天要是没有预约，在好餐厅找到空位的几率近乎零。

澳门虽然是远东第一个大主教教区，但相对而言，圣诞还是教徒、有钱人和年轻人的节日，气氛远不像国外那么浓烈。北京高校常有学生提出“废除圣诞”的倡议，前些年内地也有知识分子站出来，像抵制美货一样抵制圣诞节的东渐，深恐圣诞节成为文化入侵和道德沦亡的开始。圣诞节被高度商品化后，基督救世的意义已被慢慢抽空，圣诞节的全球在地化更不是三言两语便可说得一清二楚，涉及非常复杂的跨文化交流、殖民与后殖民问题。

澳门人过圣诞节不比过农历新年马虎，十二月的生活充斥着浓重的假日气氛。当学生的时候，忙着参加学校的圣诞弥撒、圣诞派对、圣诞儿童电影场、交换圣诞礼物；长大以后，圣诞节成了情侣约会、男女嫁娶、同事联谊、朋友聚旧、家庭外游的黄金档期。总而言之，圣诞就是拓展和维系人脉的关键日子。

澳门人过圣诞节的第一念头常常是大鱼大肉。到高级餐厅享用圣诞大餐，互赠名牌奢侈品，圣诞装饰也越加华丽讲究。人们在欢度宣扬美善、强调普世博爱的圣诞节时，已不能漠视它对环境带来的影响；在政府推广和民间团体的宣传下，LED灯饰悄然上场，可循环再用的包装纸和礼盒大行其道，电子贺卡开始取代传统贺卡。圣诞节总是强调爱，而人们往往最后才想起要爱地球。

平安夜那天，我在St.John Divine Cathedral参加了纽约主教主持的子夜弥撒，美国人在为世界和他们的国家祈祷，弥撒虽然仪式复杂，但闹哄哄中自有一番安宁。澳门的子夜弥撒我没去过，但主教座堂就在我母校的隔壁，小时候常被老师牵着去做礼拜。又怎能怪他们呢？传教毕竟是他们的一项教育任务。

在澳门过圣诞其实可以很环保很充实，随意吃一顿澳葡菜，然后到市中心的圣母玫瑰堂听一场免费的古典音乐演出，再到不远处的主教座堂参加一场静穆的子夜弥撒；沿着葡式碎石路，来到议事亭前地的湛蓝灯海中众里寻她／他，或是到大三巴牌坊的长石梯上坐坐，安静思考新一年要过怎样的生活，我们的地球又将在下一个十年迎来甚么样的圣诞。

2008年及2009年12月

熊猫、圣诞老人与礼物篮

（一）

十二月的澳门自带天然的喜感，回归、冬至、圣诞假期都凑在一起。圣诞节灯饰早在十二月初便准备妥当，南湾旧法院对面的巨型马槽充满浓厚的宗教气氛；市中心的大型圣诞装饰更是一点也不马虎，巨型圣诞树、圣诞老人、礼物、天使、麋鹿必不可缺，近年还增添了人造雪和熊猫造型灯饰。铺天盖地的熊猫设计元素，全为了迎接一对大熊猫的来临。

2009 年 12 月，中央政府为庆祝澳门回归十周年，赠送了一公一母两只大熊猫给澳门特区政府作为贺礼。经过全民票选，原名“蜀祥”和“奇妙”的熊猫有了“开开”、“心心”这个新名字，也在 2010 年回归纪念日前一天落户路环石排湾的熊猫馆。熊猫需要隔离一个月方可与公众见面，但熊猫热已慢慢升温，澳门的设计师顺势推出一系列卡通熊猫配上澳门世界文化遗产的摆设；有人更倡议说，澳门大可拍一部类似《功夫熊猫》的电影，以影像建立形象，推动文化创意产业的发展。

可惜澳门邮政局不像香港和许多国外的邮局一样，设有“圣诞老人回信”服务，代圣诞老人一一回复小朋友的来信。今年的圣诞熊猫装饰把位于市中心的澳门邮政局大楼阳台塞得满满，相关部门大可设立一个临时的“圣诞老人回信”服务，由擅长担任友谊大使的熊猫充当圣诞老人的临时代言人，回信上不用写字，有它们的萌样和手掌印便可。如此一来，已被消费主义骑劫的圣诞节，就不用再为圣诞老人存不存在的伪命题纠结了，可以名正言顺变成一场广告的狂欢。

（二）

记忆中，澳葡时代的澳门圣诞颇为中式，因为葡人多趁假期回国，经济又不好，政府没有花大钱装饰市容的心力，华人老百姓大多吃不起所谓的“圣诞大餐”，市面冷冷清清。澳门回归后，旅游业兴旺，遗留下来的南欧风情反而被刻意强化，圣诞灯饰一年比一年豪华、欧化，美式赌场又带来了无数“All you can eat”的豪华圣诞大餐，连饺子店、寿司店、中菜馆、火锅店、雪糕商也想趁机分一杯羹。消费气氛之浓厚，较之农历新年尤甚。

圣诞节总有几个让人特别不安的时刻，例如交换礼物。交换礼物是最暴露人性的一项活动，大家先是拚命违背“己所不欲勿施于人”的指导原则，又在心中演算博弈论——越大、越重的礼物，里头往往是一排抽湿剂或纸巾。正因为人性本恶，所以才慢慢有“一百元以上”、“统一包装”、“拆开后不可再换”的严格规定。朋友曾试过把礼物反复交换，最后拆开一看，竟然就是自己千方百计想借机跟人换掉的相架。有缘是始终会再见的。

澳门市面也越来越多圣诞礼物篮。有趣的是，大洋彼岸人人正因欧债危机勒紧裤带，这小城却学会香港那一套，大包小包的礼物篮塞满舶来香槟橄榄油巧克力鸭肝酱，务求送给至亲一个“很欧洲的圣诞”。那些公平贸易、本地有机出产、弱势团体制造的礼物篮则因“不够豪华”而乏人问津。反观欧洲，难得在电子书已经逐渐抢占图书市场的今天，欧洲出版商仍坚持在圣诞推出文学名著的精装本，硬皮烫金压纹样样具备，是可以代代相传的送礼佳品。一家大小去看芭蕾舞《胡桃夹子》的传统，更是不少欧洲父母送给孩子的最佳圣诞礼物。

送礼让人头痛，但也应感恩，证明你犹有余力，这世上还有某些人让你关心费心。这个圣诞若身在澳门，又必须参与交换礼物的残酷游戏，不妨考虑买下华文戏剧节的全套戏票，或是本地制作《爱情在城》的电影票，既不用华丽包装，也不用花费甚多。换到戏票的人可能觉得你坏心眼，但说不定就予人一个比收到欧式礼物篮来得更有意义的圣诞。

2010 年 12 月及 2011 年 12 月

闹市的马槽

十二月，人来人往的澳门市中心，小公园的草地上已架起了大型的圣诞马槽。马槽的面积比附近许多商店都还要大。

我不是教徒，但在天主教学校长大，整个十二月向来都在忙于迎接圣诞节的来临，学校又总会加插马槽模型制作比赛。从小看过、制作过的迷你版模型多不胜数，但其实我们都没有见识过真实的马槽，还要揣摩圣母的模样——那时候我们连外国人也很少见到，生小孩是个怎样的过程也不清楚。做得细致、讲究一些的马槽，少不了天使、绵羊和东方三博士；有些人还想办法驳电线电池安上小灯泡，出奇制胜营造神圣温馨的“耶稣光”。

凭空做马槽，最让人发愁的不是空间建构，不是建筑材料，而是马槽上该放甚么样的草。金黄干爽的禾草或麦秸在澳门很难找，都不知道该去哪里捡哪里买，那时候我们连活生生的马匹也没有摸过，在路上在公园随随便便捡些干枯的杂草，就当是马槽该有的样子了。不少中学同学晚上到赛马会投注站打零工，白天上课打瞌睡，他们在老师眼中是坏学生，课堂外的他们却都是有情有义的人——但我总不能叫朋友去赛马场偷些禾草给我做学校劳作吧？

城市越发达，马场越兴起，那是穷人的生计，赌徒的希望，渐渐又变成贵族的玩意儿。近年澳门富裕，西化风潮之强劲让人吃惊，加上独生子女多，家长热衷于培养贵族宝贝，专为小孩子而设的西式餐桌礼仪课十分渴市，骑马更是不少家长心中的理想课外活动。时代已经不同了，现在的小孩可以课余骑纯种马打高尔夫球，许多事情也有工人代劳，大概已不用再挑灯做马槽劳作，为哪里去找禾草烦恼。

澳门公共地方的马槽的荣光，已被街道和大型赌场的璀璨圣诞灯饰所掩盖，不少宗教团体都在感慨圣诞节的意义已被消费主义稀释。现在是“珍珠冚禾秆”的世代了，虽然东方游客早就对那没有金粉盖顶的马槽失去兴趣，但也因此让拥挤的小城留下一些安静的角落。

2013 年 12 月 31 日

双庆之年

《论语·为政第二》有云："三十而立，四十而不惑，五十而知天命，六十年而耳顺。"孔子讲的是治学，也是做人与从政之道。

一个人到了花甲之年，按惯例要设大寿宴庆祝一番。2009年既是中华人民共和国建国六十周年，也是澳门回归十周年，可谓双喜临门，"双庆"二字因此蹿红，成为年度关键词，打着"家国情怀"口号的各式官方或民间活动满目皆是。各种文康比赛、文娱表演、吃饭送礼都不忘把爱国爱澳挂在嘴边，恍若一整年都在过热闹的春节。百姓的幸福生活得来不易，坎坎坷坷一路走来，如今能铺张庆祝就毫不手软。

"你吃了'双庆饭'了吗？""你收到政府那六千元了吗？"

那是最近澳门人常用的寒暄开场白。

"双庆饭"是指政府本年的社团活动资助计划中，团体主要以举办宴会吃饭为活动内容。至于六千元的"现金分享"，更被视为特区十年的重要"政绩"。去年政府正式推出"现金分享计划"，每名澳门永久居民获派五千元，一时之间大家都争着当澳门居民。我那时候刚好要到身份证明局排队取文件，碰上了百年难得一遇的换证人龙。我那些多重居民身份的朋友最为高兴，从国外回澳一趟办个手续，往后每年便有支票寄到家门。赴婚宴的人循例要写点吉祥话，一个特别精明的朋友写道："祝三年抱两，稳赚政府一万两！"主持人念完，全场大笑拍掌。

我笑不出。还富于民有许多方式，我们偏偏选择了最没远见的一种。

今年澳门政府无惧金融海啸的威胁，把每名澳门永久居民的现金分享金额增至六千元，又加设医疗和消费券。最近我回澳去银行排队缴费，听大堂的师奶们都在谈论，哪个团体到哪家高级酒楼或酒店聚餐，宴会大抽奖的奖品如何丰富，说得口沫横飞，如数家珍——“哇，某某团体的饭局，又送金牌又送饼券礼券，‘双庆饭’去那里报名吃，不吃亏！”“哟，某某社团的宴会菜式绝非便宜货。”

澳门理工学院的最新民意调查显示，回归十年，市民最满意“一国两制的实践”和“经济的急促发展”，其中不乏对现金分享计划的赞赏。周年纪念是喜庆之事，但总结、反思和前瞻更为重要，锦上添花的事应适可而止。

爱国教育最重要的一环是认识历史，方能展望将来；不应停留在耀武扬威、请客食饭的层面。香港传媒率先做了好几个关于澳门十年和建国六十年的专题纪录片，深入浅出，庆祝同时不忘回顾省思。澳门政府则花费三千二百万，打造特区十年成就全国巡回展，澳门传媒也乐于配合，歌功颂德。看完这个金雕玉砌的展览，澳门人真的相信手拿六千元就等同还富于民了吗？

高呼自由民主的美国非常重视爱国教育，无论是历史课国民教育，从荷里活大片到国立博物馆的建设，均务求寓教于乐。我念中学那几年，用的是香港的历史课本，中国古代史被反复讲述，中国当代史的部分却一闪而过点到即止，有些甚至干脆提到抗战胜利便戛然而止，澳门学校对“澳门史”的稍加关注，也不过是澳门成功申报世界文化遗产名录以后的事。澳门并没有把握回归十年的机遇，好好推广本土历史，让大众了解澳门在中国现代化进程中担当的桥梁作用，只是忙于炫耀经济数据，甚为可惜。

按成立历史来说，澳门特区只是个忽然富贵的任性孩子，还未有国际影响力；中国下一个十年的发展，却将改变世界的经济结构和权力分布，有危也有机。人到七十大可随心所欲，但当权者却应实事求是，在七十周年来临以前，真正做到“不逾矩”，那才是真正值得普天同庆的事儿。

2009 年 9 月 15 日

春节种种

过节

多年来都没有踏踏实实地留澳度岁，不是外出旅行，就是回乡探亲。

京城朋友问我澳门的春节气氛如何，我说那远比不上乡村地区好玩。虽然也有“花市”，但不如北京人挤人的庙会有意思，喷水池前地的装饰无甚特别，不是笨笨的塑料生肖，就是文采欠奉的新春对联。但澳门紧凑的地理状况保存了它作为“澳门街”的特色，出门皆熟人，收到红包的几率自然也多些。

广东人“逗利是”的技巧很多，最重要是嘴巴够油，好话能连珠炮发。可是“恭喜发财”一类的话到我嘴边，人就像个滑头，不懂人情世故也羞于讲好话，加上对忌讳的天生低敏感度，新年少不免要挨骂。“意头”之重要，有些人甚至坚持过年不洗发，怕把财气洗掉，幸好我家除了语言禁忌外一切自由。所谓“意头”，除了说吉祥话，就全寄托于客厅那盘兰花和大桃花。幸好猪年结婚者众，能稍稍补充都市人晚婚所形成的“红包断层”。“红包”是春节的重要一环，但最令人期待的还是温暖丰盛的团年饭、新年早茶和年糕。

我喜欢热闹但也很怕过节，无论是中国人的春节还是洋人的圣诞，喜气洋洋是好的，但节日过后总是患得患失。回乡探亲的人嫌挤拥，外出旅游的说机票昂贵，在家度岁的大呼无聊。去年春节遭遇寒潮，火车停驶，广州车站人满为患，许多一年或多年才得见家人一面的年轻打工妹在镜头前哭成泪人。为甚么千方百计都要坚持回家过年，起初我也不懂，年岁渐长又明白了些许：春节永远是和家人一起才是真正有意义的节日，那不是有朋友做伴或吃一顿好就可以补偿的心理需求。

只是有些人生道理，总是领悟得太迟。

爆竹

满街的商业广告温馨地提示大家，辛辛苦苦工作一整年，过年就是要花钱，尤其当春节和情人节刚好重叠。早上和亲友拜年、晚上陪情人的节日攻略层出不穷，参茸海味店教你如何获得长辈欢心，巧克力厂商早就在超市排出送礼阵势，牙膏公司提醒你口气是成功约会的关键，花店蓄势待发，连酒店赌场的户外LED大屏幕都加入了示爱广告。

澳门不太流行上门拜年，大多是提前约出来吃团年饭，或年初二一起去饮茶吃点心。澳门寸金尺土，住宅那么细小，过年时能有一班亲朋戚友不嫌委屈到家里打麻将，实属难能可贵。嫌麻将格局太小的，索性杀进去赌场开开运，澳门赌场在新年期间一般会派利是吸引小市民来发“新年财”，平日被禁止进入赌场的公务员，也不免好好把握这三天“豁免期”。

虽然华人移民众多，但加拿大的大年初一不是假期，我那时候还得一大早爬起来赶去学校做报告。越南裔的教授在发言开始前，还贴心地跟我说了声抱歉。不禁想起以前在广东乡下过新年的我，是如何像皇太子一样被服侍。丰盛的团年饭、大年初一满桌的斋菜、源源不绝的红包、各式各样的糖果、全新的衣履，还有紧接着的新春外游……在澳门过年，有时比在加拿大更冷清，他乡遇故知，好歹会围炉取暖，在澳门就真是各自解决。人声、车声、麻将声缺了也好，就是爆竹烟火声远离了民居，令春节冷得像冰箱里急冻着的年糕和饺子。政府为安全起见，把爆竹燃放区划定在海边，节日气氛自然更淡薄了。

小时候的乡下，越是富贵的越爱用大而长的爆竹炫耀家财，仿佛连续三天三夜有人故意把爆竹丢到家门前，要你一刻也不能入睡，或是在一个冗长的噩梦里翻来覆去。有次在表弟的大良乡下老家过年，从年三十晚直至年初五，巨大的爆竹声未曾静止过片刻，连大狗都怕得躲到床下，耳朵轰轰作响，我甚至一度怀疑自己已经聋了。初五过后，爆竹声渐停，但见满街的爆竹纸屑随风飘扬，方觉如梦初醒。人大了就不怕声响，只怕春节的绵绵细雨坏了兴致。雨中空灵的爆竹声不说，一地湿淋淋的红纸才是满目的苍凉。但这种红纸乱舞的景象，在澳门早已不复见。

妈阁庙前自然也是不能放鞭炮了。澳门的妈阁庙是四百多年前葡人上岸登澳之处，加上有求必应的口碑，每年吸引不少善男信女在除夕夜排队上“头炷香”，算是过年的特备节目。除了妈祖娘娘，春节前后最多人祭拜的大概就是灶君和太岁了。

澳门的爆竹业、神香业和火柴业曾经盛极一时，于上世纪并称为澳门三大手工业。外地游客熟悉的氹仔旧城区官也街，旁边就是有名的益隆爆竹厂旧址。一百多年前，爆竹生产技术传入澳门后，由于中转角色吃重，澳门出产的爆竹风行各地。若你到澳门博物馆去，还可在录像中窥见上世纪 40 至 70 年代大街小巷的妇孺老少勤于搓炮锤炮的盛况。如今不止家家户户放爆竹的习俗已成历史，爆竹业的盛世早已随风远去。

传统是约定俗成的，不是刻意经营的。就像穿汉服，一时代有一时代的需要和价值观，保留和摒弃任何东西都事必有因；也就是说，怀旧、复刻、活化、重建，都不过是当代的潮流，传统没有呼之则来挥之则去这回事。燃放爆竹的传统可能有朝一日会消失，但对爆竹的迷信却很难消除。前几年“非典”肆虐全国之际，澳门保持了“零感染”的惊人纪录，令邻埠的香港人羡慕不已。后来看到有港人在报章上撰文，指澳门由于保留了燃放爆竹的传统，爆竹中的硫黄具有杀菌功效，澳门因而得以避过一劫。若按此推论，经过春节那几天的热闹洗礼，内地同胞大概一整年百毒不侵了。

甜

原以为这个年头，只有奶粉才会货源紧张，没想到要买一块好的年糕也不容易。

买年糕和贺年食品这类事情，以往都由父亲代劳，后来自己张罗，才知道办年货不是那么简单随便。锦鲤和金砖形状的年糕大多用于送礼，拿来自用是自讨苦吃；本来打算买些得体的马蹄糕和桂花糕送人，但年糕保质期短，必须提前数周预订，结果大部分顶级酒家的贺年糕点早被订光。小时候吃妈妈煎的枣泥年糕，总是嫌太油太焦太肥腻；后来自己动手做，结果也不相伯仲，就是少了点过节的暖意。

在芸芸贺年食品中，煎堆和角仔对我已没有吸引力，也越来越少人愿意自家制。六岁时父母亲送给我一份新年礼物，就是过完年以后到银行帮我开人生第一个账户，把压岁钱存进去，往后要我学会储蓄。结果大年三十还未到，我一不小心把盛满角仔的玻璃瓶摔个巴烂，白费了母亲的心机，又不懂得马上说点“岁岁平安”、“落地开花”之类的好话搭救，只懂站在犯罪现场呆若木鸡。母亲却出奇地带着笑意：“那扣掉一半存款好了。”免得过一顿打，赫然发现电视上说的破财挡灾也真有其事。

在澳门，若你想办年货，义字街一带虽算是百物杂陈，却始终少了那么一条一应俱全的年货大街。若想去庙会吃吃喝喝，热闹热闹，只好到市中心或塔石广场的年宵市场去，那十数个小摊位足够你大洒金钱，却远远不够消磨时间。商店、食肆、百货公司都休业，上街串门的人也不多，亲朋好友都旅游回乡去了。即使明知别人登门拜访的几率很低，父亲也总是要在家里备些应节糖果，方才安心。

我家的年盒在记忆中很少出现。每当到别人家里拜年，大人边啃瓜子边聊闲话，我却始终关注着年盒内的糖果存量，尤其是糖莲子、糖冬瓜、糖椰片、巧克力金元宝这些好物。去年春节一个人在多伦多上学，走在街上并不觉得春节要来，也没兴趣大老远跑到唐人街看舞龙舞狮。没想到系里的邮箱，无端放着一小封红包，外形设计非常传统，拿在手上也有点沉甸甸，作为留学生的我也是极度缺钱；一打开，竟然是个巧克力金币，心里真是“苦中一点甜”。

我有些朋友尤其擅长存好心、说好话、做好事，早在虎年来临之前，在办公室门口贴上“虎中作乐”的挥春。如今澳门这个旅游博彩之都遍地都是金黄的可爱的贺年老虎装饰，我也不再那么愤青那么怕过大年大节，多多少少学会苦中作乐这回事了。

盆菜

刚从台湾回澳不久，翻读舒国治先生的《台北小吃札记》更是回味。全书由专栏文章结集而成，文笔雅洁清爽，一纸活色生香。其中一篇讲他在一家刚开不久的小馆吃饭，“生意颇旺，制吃亦尚可；但稍一细看便知有每况越下的潜力，不想席间听到客人与店长在聊‘年菜’种种，心想：台北又添一家垃圾菜馆矣。”舒先生认为，好吃的小吃店应心无旁骛，专心致志，今日的食材今日毕，与人亲近但不媚俗。此点我甚认同。一间小馆要挑战人力物力做应节年菜，甚或盆菜，十有八九都不会好吃；但我不是食家，温饱便是福，不敢轻言垃圾。

近年的电视饮食节目经常介绍香港围村的盆菜，菜的用料和用餐气氛均是丰盛热闹至极，加入鲍参翅肚后，味道和意义变了，家庭主妇却如获至宝，盆菜成了外送的团年饭，省水省电省工夫。澳门的酒楼食肆受香港的饮食潮流影响甚深（其中不少就是港人投资），各门各派的厨师都不约而同把自家菜式硬塞进盆里，便冠以“盆菜”之名；味道怎样我不知道，但大有和“佛跳墙”一比高下之意，又隐约令人想起肯德基的炸鸡桶。幸好澳门的外送服务不如港台流行，老一辈吃惯广东的清鲜口味也看不起盆菜的寒酸堆砌，觉得还是炖虎翅、蒸海鱼、鲍鱼鹅掌、发菜蚝豉这样一碟一碟上菜才是得体的热闹，传统年菜的款式还大抵保得住。

鱼翅的取得极残忍且有害生态，不该吃，但老一辈都爱吃。以招待亚洲豪客为主的各大赌场酒店入货极多，对本地客户也频推优惠鲍翅宴，连日常商务晚宴也是翅不离口。近年澳门经济转好，钱都首要花在吃喝上，各大小餐馆无不以古法鸡煲翅做年菜的头炮，几乎无翅不成宴。

姚明“不吃鱼翅”的广告在澳门不常见也不奏效，因爱吃鱼翅的大多是中老年人，他们既不认识国际篮球巨星，也把鱼翅看成约定礼数。团年饭对年轻人大多只是一顿温饱，顺道接过源源不断的压岁钱，坐等无所事事的春节假期迎面而来，不想做太多道德思考，更不想让追求体面的长辈觉得委屈。

年夜饭没有盆菜没有鱼翅我一点都不在意。大时大节能吃上好菜，是锦上添花感谢上苍，能和想共对的人一起用膳，就是水煮豆腐也是一席盛宴。

2009 年 1 月、2010 年 2 月、2011 年 1 月、2011 年 2 月

办年货与买年花

（一）

农历新年前夕若人在台北，总想去迪化街的年货大街。朋友们都避之则吉，觉得人挤人实在没甚么好玩，何况该办的年货，长辈们都安排妥当了，我们这些五谷不分的小辈，货比三家后要是还挑了次等货，回来少不免挨骂。

为甚么非要去外地的年货大街、年货市集凑热闹？因为澳门没有这么一条街、这么一个市场或市集，让你一次过买到价钱合理质量上乘的贺年用品，让你有一口气办完事的快感。在澳门，你得要开着辆电单车东奔西跑大半天——中区买海味，义字街买瓜子开心果，祐汉买春联挂饰，荷兰园买新鞋，关闸剪头发，最后到百货公司买衣服和拜年礼物；若想在家中添一株大桃花或几盆大年桔，还要到黑沙环沙梨头提督马路三盏灯转转……

看长辈办年货也是一等一的乐事，只是年少无知，原来要过上这么闹哄哄、去旧迎新的一周要花掉不少钱。团年饭、压岁钱、糖果、年花、礼物……除夕前几天，银行总是人头涌动，街头的自动提款机的现金全吐得一干二净。平日新闻报道上的经济数据都像过眼浮云，到了办年货的时候，消费者信心指数和通货膨胀就不只是屏幕上跳动的数字，而是切身的感受了。

澳门的贺年装饰一向选择少又不便宜，年宵摊档的货品大多是国货。老百姓不嫌山长水远，到价廉物美的广州办年货去，要不就到珠海拱北的地下商场，或在网上大量采购，价钱往往是澳门的四分之一。回归后每次办年货，都可以看到内地和澳门正在快速融合。

其实不只是澳门人爱到内地办年货，内地人也爱到港澳办年货——但人家买的是珠宝翡翠、名牌衣履、昂贵腕表、限量洋酒、进口糖果，许多港澳人因此心里酸溜溜的，整天出言不逊冷嘲热讽。大量内地旅客涌入，资源分配变得紧张，也直接导致内地与港澳民众矛盾加剧，甚至迫使所谓“澳人澳地”、“澳人澳奶”（婴儿奶粉）政策的紧急推行。但平心而论，买卖都是各取所需，澳门人不也每天到珠海买菜买家具，上内地网站买东买西，然后蚂蚁搬家运回澳门？自由贸易港要有自由贸易港的胸度和气襟。

（二）

农历新年，是一年中最热爱添置植物的日子。

新年买花，为的是“花开富贵”、“竹报平安”，澳门的年花种类年年如是，桃花、水仙、牡丹、富贵竹、菊花、兰花……都是相看两不厌的品种。花开好兆头，广东人最讲意头，粤语贺年歌《迎春花》唱到街知巷闻不是没有缘由的。

十八廿二的少女爱买永不凋谢的毛公仔年花，我那些面临三十大关的单身女友们则爱摆桃花阵，该不会是因为今年的元宵节和西方情人节重叠在一起吧？有桃花的桃花阵难免张扬了些，商家居然研发出应合马年的新型桃花阵——在金色的马背上放一对小金象，寓意“马上有对象”；或是在金马上放金龟，寓意“马上有金龟婿”；再独立自强一点的，往马背上贴一张千元大钞，祈求“马上有钱”。一切尽在不言中，高手永远在民间。

不买花的，到户外赏花便好。久坐室内，特别珍惜走路的机会，边走边看，水塘的白兰花和洋紫荆都开了，街上扫落叶的清洁人员也勤快。在这样的季节，走路的方式也需调整，不能只顾低头看地面，还要抬头看枝丫。

无所事事的中午，尤其喜欢到卢廉若公园散步晒太阳，驱散冬日的寒意和闷气。沿着迂回曲折的小桥踱步，那个每逢盛夏便塞满荷花荷叶的池塘变得一览无遗，残荷混着泥沼，水浅得连稍为肥美些的锦鲤游过也会刷出一行身影一团泥烟。幸好还有年桔和跳舞兰，连点点的白色梅花也开了，而且开得漫美，极像印象派的笔触。法国印象派画家莫奈如果路过澳门，应该也会爱上这个西洋建筑加岭南山水布局的花园吧。

说起梅花，梵谷画的梅花也漂亮。他的作品深受日本浮世绘影响，其中一幅临摹作品正是龟户梅屋铺的梅花，旁边还歪七扭八地写着对联般的“大黑屋锦木江户町一丁目”和“新吉原大丁耳屋木”两行字。我家很少贴对联挥春，更不会亲自手书，自知书法水平大概好不过梵谷多少，通常只是简单地挂一个“福”字装饰，买点糖果巧克力开心果红瓜子，摆一盆紫得耀目的兰花，用如意彩头期待丰收的一年。

2014 年 1 月

鸭仔的自由

已经多年没参加旅行团，今年趁着新春假期，和几位长辈晚辈一同到华东地区外游。高高兴兴出门，还未到初三赤口，一团十五人却在西湖边和导游为了附加费用吵架。

旅行团，无论是否号称“纯玩、零购物”，都注定是走马看花的“鸭仔团”。四天走访无锡、苏州、南京、上海、杭州五个城市，匆忙是意料中事，安排购物也是游戏规则，但甫下飞机，导游就说先收钱、后解释——收钱何为？自费节目是也。为何自费节目不是如当初所说自选及自由参加，导游给了一大堆借口。整团人不是不知道江湖险恶，只是心有不甘看不开，不欢而散。

兼职的年轻领队透露，其实全澳门的华东行程安排大同小异，团费也相差无几。正正因为团费偏低而旅行社获取大部分利润，领队导游地陪只能各出奇谋，靠回佣和鼓励团员参加自费活动来增加收入。这都是“理应遵守”的旅游业潜规则。

地陪全都是说粤语的，所谓的文化差异、内地与港澳摩擦不是重点，令人惊讶的是，内地旅行社早就把港澳旅行社的不良手段练得炉火纯青。回到澳门，我忍不住和父亲的朋友抱怨，竟换来一句：“不用睡在旅游巴已经很好了。”翻看前几天的新闻，才知道内地旅行团在香港睡旅游巴的惨况，澳门也是人满为患、酒店房价高昂，有内地自由行旅客索性在黑沙海滩的露营区扎营。

内地游客在港澳的不幸遭遇还有传媒报道，还有旅游业议会或旅游局监督；华东游最让我们感到无助的地方，是叫天不应叫地不闻，即使导游出言恐吓要丢下团友，或要各人自己想办法回酒店去餐厅，都没有可以实时提供支援的监管机构。

南京的地陪老实不客气：“你们澳门人不也吃旅游这口饭？不要把自己说得那么清高！”无良业界对旅客的剥削，反过来成了活在旅游城市的澳门人的原罪。当澳门人整天在谈论旅游承载力是否已经见顶，内地导游却告诉我们故事的另一个版本——就算业界有良心也无补于事，内地如今富裕了，根本不稀罕在春节期间做“孤寒”的港澳客生意，餐饮住宿只能将就将就了。

“要自由就不要做鸭仔！”那个“资深”的南京地陪如是说。真是金玉良言。但愿每个来澳门的旅人都可以真正感受旅行的自由——有甚么比在弹丸之地被牵着走更无奈的事呢？

2013 年 3 月 1 日

回味

每年的春节和情人节总是先后交错。多伦多的春节不算节，情人节却是继圣诞后的头等大事；昂贵的巧克力烹饪班门庭若市，西人离婚率虽高，但浪漫还是他们的精致学问。

对游客来说，澳门的欧陆情调太适合邂逅和恋爱了；可是对每天活在这数十平方公里的男女而言，空间太少，遗忘太长。无他，在一个遍地熟人的小城，碰上前度的几率实在高得离谱。横街窄巷避无可避，年轻人逛的商店餐厅也不过那几家。在这里，浪漫过后急需的不是借酒消愁，而是出走。

《恋人絮语》的主角虽是求爱不遂、患得患失的维特，但这样的歇斯底里在罗兰巴特的后结构主义的梳理下，却有令人惊讶的敏感精辟——“我爱你，这一具体情境不是指爱情表白或海誓山盟，而是指爱的反复呼唤本身。”女生在情人节的神经紧张是社会性的，花的颜色、数量、品种、包装，全都是爱的象征和身价的符码。如此实物化的爱情，才能让女人感到安稳，可见都市人的感情多么脆弱不堪。

重申的坚定永远比不上示爱的勇气，让人有迷路的感觉。女生还可以厚着脸皮说送巧克力不过是应节，顺道照顾那些注定空手而回的宅男，高中女生对待情人节也不过像过万圣节，不分男女地派巧克力派糖，务求皆大欢喜，日行一善。“白色情人节”是男生回赠心仪女生巧克力的节日，即使韩流近年席卷亚洲，这个韩国率先提倡的节日还是没有在澳门流行起来。

送来送去，都是装模作样的心机小剧场，跟古人的求偶风俗不遑多样。

相比情人节，我更爱元宵。走在街上，有情人的时候觉得庸俗，单身的时候觉得厌烦。笨手笨脚做巧克力的纯真年代早过去了，红玫瑰高级餐厅小提琴伴奏不过是成人竞技。两个真诚的人有缘在一起，就算在人满为患的节日里到肯德基吃快餐，也足够回味。

2009 年 2 月 1 日

逛灯会

在台北国父纪念馆逛灯会，以为大家都是吃完元宵出门散散步，好让脑部的血液往胃部输送。谁知黑压压的人们围在木牌架子前搔头苦思，原来在猜灯谜。已猜对的灯谜会被打上“×”的记号，没想到灯会已举行多天，人潮中居然还挂着几个不解之谜。朋友瞥见一句“直到烟的尽头（打一广东地名）”，拍拍我说：“老广，你肯定知道！”

“虎门？云浮？”本来就是猜谜白痴和路痴，能说出的广东地名屈指可数。被这样一问，更提醒我对自己的家乡何其陌生。小时候听到“江门”还不禁心邪，偶尔听朋辈模仿“顺德话”“石歧话”的乡音，也会忍俊不禁。但真正可笑的是，没有长辈带路，我根本不知故园何方。小时候经常往来复返的几个广东小县小镇，在记忆中早已面目模糊。

路上迎面而来的小孩都提着个小小的龙形灯笼，朋友突然问：“你们港澳人为甚么要在中秋节才玩灯笼？猜灯谜？”才想起印象中的灯笼灯谜，应是中秋节的元素。

元宵节在澳门之淡薄，从元宵汤圆的销情可见一斑。东方情人节的气场向来不及西方情人节强劲，后者深受商家传媒爱戴，商机无限。元宵、汤圆本已不好卖，健康专家和传媒还要补刀：“要走一万步才能抵消四个元宵的热量。”说也奇怪，难道心形巧克力就没有卡路里和脂肪？

为心爱的人做巧克力是甜美的苦差。为了做一盒能见人的巧克力，进口材料酒心馅料心形造型蕾丝包装精益求精，教平日疏懒的女孩子花大钱上甜品速成班也觉物超所值。为家人搓汤圆，却被视为最土气的分内事。准备西方情人节独一无二的巧克力已经累垮，中国情人节的汤圆无谓粒粒皆辛苦，超市冷冻货就行了，反正大家都觉得天下汤圆一样圆。

在澳门没有元宵灯会可逛，自然连元宵汤圆也忘了吃。母亲从前爱自制中式汤圆，没有上佳的进口面粉，没有即磨的黑芝麻、花生或红豆蓉，却在汤圆中间放一小块敲碎的片糖做馅，轻轻咬一小口，金黄的汁液瞬间喷出，常常烫伤舌头。对孩提时代的我来说，那才是最甜蜜的苦差事，但如今是想吃也吃不到了。

2012 年 2 月 9 日

灯笼与月饼

点一盏玉兔宫灯

小时候的中秋节，家人喜欢带我到户外赏月。夜晚开放的公园不多，建筑空地却到处皆是，家人朋友都不拘小节，随便拿块布拿几张报纸席地而坐。若是人多，直接到有天台的亲戚家里烧烤，对小孩来说，自然是最美满的节日，因为饱餐后的翌日是不用上学的。

中秋节大人聚会的目的是聊天，小孩则以玩乐为重，赏月不过是余兴节目。卡通造型的塑料电子灯笼早在八九十年代大行其道，我却执迷于传统纸灯笼——那些往下一拉就是一个小水桶般的纸灯，而且坚持用传统的小红蜡烛做芯。纸制灯笼虽不及新潮的胶灯有音乐有彩光，但它的节日气息最是完整隽永。偶尔风一吹，灯火尽熄；或是不小心摔一跤，纸罩整个被烧掉。从迎月、赏月到追月，三两天就可以消耗掉五六个小灯笼和膝盖上的薄皮，看着被火化的美好，但愿人长久的意愿便益发浓烈。

自从上海世博澳门馆借用“玉兔宫灯”作为设计概念，纸扎灯笼的传统手艺，突然又被政府和民间重视。多年前曾在热心社工的带领下，在中秋节前夕去老人院教长者做中秋灯笼。说是教，其实是学，那天制作的既不是玉兔也不是水桶形灯笼，而是传统的杨桃造型，材料简单，不过是长竹枝、彩色玻璃纸、剪刀、铁线和白胶浆等。长者们好学认真，等边对称做得一丝不苟，色彩配搭是洗尽铅华后的自信。我手工笨拙又不按理出牌，硬是要做一个造型独特的新派灯笼，直到点蜡烛的一刻才悟出大道理——缺了一角的灯笼容易被风吹翻，倾塌焚烧，应当像圆月那样对称饱满才够理想。当我还在苦恼如何挽救那个怪异灯笼时，安分守己的长者们早已在享用水果和月饼了。

中秋前夕的电视节目不传授灯笼制作的窍门，只教母亲们应对灯笼失火、煲蜡烧伤的急救知识，这世代的小孩愿意放弃有音乐有彩光的卡通灯笼，情愿和简单老派的中式纸灯笼为伍么？澳门政府的世博宣传片中，“玉兔宫灯”不是手提而是在地上拉，像遛狗一样，那是旧时玩意儿，现在是奢侈的手工艺品了，谁会舍得随随便便点一个？

月饼，月饼

甫入夏，月饼广告已一浪接一浪。离中秋还有好几个月，大家对这个年度甜品狂欢早就迫不及待。

中秋谈吃，不外乎芋头、菱角、柚子、月饼。澳门的月亮也许不及别的地方又大又圆，渐起的高楼和赌场霓虹也不免削减了几分月色，但始终还是家乡的月饼最让人怀念。刚到北京念书时过第一个没有家人在身边的中秋节，金融系给每名新生一盒月饼，中文系向来资源不多，能给每间宿舍送一个月饼就很不错了，四人均分一人一口便完事，但总算是窝心的惊喜。其后有商家借关怀港澳台生为名，制作比酒楼桌子还要大的巨型月饼做宣传，穷学生如我除了得一顿饱外，没有多少家的暖意。到了加拿大，香港人多的是，在唐人街很容易买到港式月饼，我却舍不得花钱买甜点，倒是有江湖儿女在中秋节邀我到家里做客，大家做了天南地北的菜式，算是不忘老祖宗的规矩。

月饼市场竞争激烈，香港月饼大多会分销到澳门，冰皮月饼塞满超级市场的冷冻柜，昂贵的奶黄月饼和雪糕月饼更是一顿疯抢。听前辈聊闲话，说“现在阿猫阿狗都整月饼”，酒店、饼店、手信店、素食店、餐厅、面店、甜品店、雪糕店、火锅店……整饼的又何止阿茂呢？

我从小爱听粤曲，爱看玉鈪，老派作风，最爱双黄莲蓉月，受不了冰皮月饼和雪糕月饼，更看不起暴发户式的八黄莲蓉月（多年前曾吃过一盒写着“双黄莲蓉”但里头实际上无蛋黄的月饼，真是天下第一倒霉鬼）。商家把冰皮月饼和新潮挂钩，越来越多年轻人转投冰皮月饼的怀抱，我却日渐迷恋奶黄月饼和潮式月饼，除了爱其绵滑油润，也是因为一口一个，少了硬是要找人分吃的精神负担。心里惦记着的，是很难购得的鲜肉月饼，以及红豆蓉绿豆椪，五仁月饼则是一场无法解读的噩梦。

如果硬是要说澳门有甚么特色月饼，大概就是“木糠月饼”吧，不过是挂羊头卖狗肉的木糠布丁。听说内地最近推出“象棋月饼”，可以边下棋边吃，一边动嘴巴一边动脑子。中秋节证明了吃的欲望足以“活化”传统，哪怕它明正言顺成了吃货们翘首以待的重要日子。

2009 年 9 月 29 日、2010 年 9 月 16 日及
2011 年 9 月 8 日

天台共婵娟

浴后顿觉风高物燥，第一念是，秋天来了，该注意保湿；第二念是，真好，又有中秋月饼可吃；第三念是，该约朋友去吃炉端烧了。

“炉端烧”是成人版的烧烤场。澳门青年虽然大多哈日，但澳门不似韩国、香港、台北等地，有理想的居酒屋供人喝清酒吃串烧谈心事。近年《深夜食堂》的宵夜风吹得正盛，赌业蓬勃又使夜间工作者增多，市面虽多了三数间日式居酒屋，价格却不亲民，气氛也不对味。在不对味的地方喝酒，还不如早点回家睡觉养肝。

秋天便是烧烤天，大概是从小根植的概念，从幼儿园开始，学校旅行例必安排在秋高气爽的时节。念小学时想快点升中学，好把秋季旅行的行程从野餐升级至烧烤；到了中学，为一班四五十人到处张罗烤具食材也够烦人了，烧烤套餐不久便应运而生。朋友说，人越大，越忙越懒越宅，传统“烧烤圣地”黑沙海滩、孙中山纪念公园又远又多蚊虫，连到韩国烤肉店，都嫌热嫌累人嫌油烟，还不如在黑沙海滩烧烤档旁吹着海风吃即烤鸡翅，或在人来人往的熟食中心街边小店，独个儿默默吃上两串烤鸡柳省心。那沙爹酱的微辣，可以温柔抚平一点生活的失意。

劳师动众的烧烤，比起年夜饭更有参与感和象征意义，香港的通俗电视剧往往以自家天台的围炉烧烤，作为“一烧泯恩仇”的大团圆结局。上世纪五六十年代的天台学校、天台球场，到近年流行的天台烧烤场、天台农场、天台养蜂场，全都展现出夹缝求存的民间创意。天台除了可乘凉、晾衣、谈心事，还见证了都市文化和空间功能的演变。

前阵子从相册翻出一张二十年前中秋夜的旧照，相中的我盯着鸡翅，表妹傻傻地用纸碟卷着一根涂满蜜糖的大香肠，其他小毛头也围在亲戚家天台临时搭建的烧烤炉旁边，金睛火眼等待着烧烤叉上的鱼蛋、棉花糖、墨鱼丸，企图以念力催旺火焰。那些平日为生活奔波四散的大人，难得兄弟姐妹聚在一起喝点啤酒聊聊家常，满目皆是孩儿饱足的笑脸，满脸都是安稳的微醺。

2012年9月21日

体验之旅

有鬼节之称的盂兰节特别漫长，港澳是中国境内少数保有此习俗的地方。整个农历七月，街上每两三步火光磷磷，祭品放满一地，又有化了灰的香烛冥褴夹道吹送。这样一路走来，阴风阵阵，大概是最厉害的消暑方式。

并非对“鬼节”的神秘过分好奇，而是要交出一份有意思的民俗学报告，我曾特意花了整个暑假去做有关澳门盂兰节的调查，甚至还到竹林寺看人家祭祖烧衣。在中国，早在南北朝时期已有“盂兰盆会”，盂兰盆是梵文“ullambana”的音译，本意为“救倒悬”，即为亡者脱苦，最流行的说法是源于“目连救母”。宋代之后，“盂兰盆会”更成为佛、道两家的共同产物，形式也渐渐由施舍僧人转移为拜祭祖先和孤魂。这种祭祀鬼神的习俗已在广东式微，但在港澳地区依然有很大的影响力。

遇上白事，少数人试图以功德减轻先人罪孽，大多数人只会把精力放在分家产上。对我们这些升斗市民来说，电视上的豪门争产新闻只是拌饭的小菜送酒的花生，国与国之间，还有另类的遗产越争越烈——物质与非物质的“文化遗产”名衔早已引发全球争夺战，中日韩更是铆足了劲。本是同根生的广东、香港和澳门，在文化上你中有我，我中有你，互相滋养又互相竞争，特别是在争夺非物质文化遗产所有权的关节口上。继去年粤港澳三地成功联名申请把粤剧列为世界级非物质文化遗产后，今年香港政府捷足先登，申请将盂兰节列为国家非物质文化遗产。澳门烧街衣的历史大概不比香港晚，烧过的元宝纸钱和派过的“平安米”也不见得比邻埠少，但的确没有香港那些规模盛大的打醮，幸好澳门还争得“凉茶配制”、“神像雕刻”几项，正把“道教科仪音乐”和“南音说唱”也变成自家品牌，对于盂兰节这种污染街道又易生火灾的传统，没有刻意重视或提倡。

撇开房地产市场长期疲弱的因素，澳门过往的古迹保育政策比香港有前瞻性，算是葡萄牙殖民者留给澳门为数不多的珍贵遗产，更为“澳门历史城区”在2005年成功列入《世界文化遗产名录》提供了先决条件，澳门旧区历史建筑群加上众多的市区坟场，每逢盂兰节更是鬼影憧憧，一步一惊心。以百万夜景闻名全球的香港，如果真的成功把盂兰节申遗，不妨为旅客开发一条体验这项“非物质文化遗产”的深度旅游路线，为本来就龙蛇混杂的香江，多添一抹神秘迷幻的色彩。

2010年8月13日

节日与哀悼日

周六晚上，我在厨房眺望旅游塔旁的点点星火；打开电视，彼岸是一群伤痛未愈的美国人在落泪，我接着看了电影《联航93》(United 93)。电话突然响起，朋友问：“嘿，‘九一一’与你何干？”

澳门的旅游旺季已过，街上冷冷清清，旅游局有见及此，每年都会在这时候举行为期一个月的国际烟花汇演吸引访客，而今年的开幕表演刚好在9月11日。“九一一”事件九周年。

是的，澳门人为何要纪念“九一一”？我们也不过感恩节啊，实事求是的港澳人连“旁观他人痛苦”的闲情都没有。多年前，香港某电视台的新闻记者，在9月18日访问了一些在日本料理店吃饭的高中生：“你知道今天是甚么日子吗？”“唔……今天是我的生日。”连“九一八事变”都可以置若罔闻，更何况别国的国殇。

哀他人之哀不容易，乐他人之乐也甚艰难。香港导演彭浩翔在电影《破事儿》中有一个小故事叫《过节》，说的是男生整天以“过节”为借口，要女友为他提供“特别服务”。男生以“大爱无疆”的精神，把世界各地大大小小的节日都纳入庆祝之列，结果一年三百六十五日天天“过节”，女生劳累至死，化作冤魂，晚晚来找那个男生继续鱼水之欢。

内地朋友羡慕澳门公众假期多，说澳门政府对几个主要的中西方宗教节日一视同仁，我们倒是嫌澳门的新春和国庆假期太短。澳门作为节庆之城，对如何打造喜庆的节日气氛已相当有经验，商户对“五一”、“十一”这些内地长假尤其重视，每逢圣诞新年，吃喝娱乐表演一应俱全。但澳门作为才刚成立十年的特区，在处理哀悼日方面经验尚浅，比如早前甘肃泥石流的全国哀悼日刚好是世界女排大奖赛澳门站的总决赛，组委会先是宣布赛事继续但观众不可观赛，后来宣布取消赛事，但退票的安排失当惹来不少旅客投诉，有人更质疑为甚么严肃的国际赛事不能举行，对公众开放的各大“娱乐场”当日却能照常营业。以旅游娱乐博彩为经济命脉的澳门，对节日和哀悼日的立场和应对手段，似乎还有点茫然。

节日本身就是一种例外状态，过度的节庆，有时候会沦为滥权和滥情的工具，劳民伤财的缘由。恰恰澳门的文化政策正朝着“节庆之都”发展，却又不时面对突如其来的“全国哀悼日”，大费周章策划的活动被迫延期、取消，措手不及时有所闻。

话说回来，如果《过节》中的女生学会用哀悼日为理由，正大光明拒绝一切“娱乐活动”，又何尝不是对例外状态的迷恋和断章取义？

2010 年 9 月

复活节的天国游园

我的新旧办公室都对着坟场，几乎是毗邻而建。澳门地小人多，到处车水马龙，和内地情况相同，非但活着的买房困难，就是想替往生的找一个稳妥的长眠处也艰巨，办公地方便顾不得忌讳了。

去年夏天，诗人伟棠、晓涛来澳出席诗歌聚会，我权充地陪，结果反而是对澳门了如指掌的伟棠当领队兼解说，三人在烈日和汗水中闲逛了许多地方，近晚又到了市中心区、我办公室外面的圣味基坟场。适逢鬼节前后，我怕鬼，只敢读碑不敢谈笑；伟棠他们平生不做亏心事，一直用相机拍摄漂亮的西洋墓碑。

圣味基坟场又称旧西洋坟场，是不少名人的长眠之处，包括著名的葡萄牙象征主义诗人庇山耶，国父孙中山的元配卢慕贞夫人也曾葬于此。若与位处白鸽巢公园一角的基督教坟场相比，圣味基坟场更浪漫唯美，薄荷绿的围墙，加上小教堂和形态各异的天使石雕，以及制作精美的墓志铭。近年，这里渐成另类的旅游景点，相关的政府部门亦出版了《缅怀之园——圣味基坟场》图片集和导赏书籍，一扫闲人免进的刻板印象。

“墓园游”不是甚么新鲜事，欧洲许多公墓都是旅客的必访之地，看官若到美国波士顿参观“自由步道”，其中几站便是墓园，里面还设有专业的墓园讲解员；若到华盛顿广场散步，你总会看到韩战纪念碑前，有人盯着那句刻在墙上的句子

（“Freedom is not free”）沉思良久。除去当中的政治元素，这些都可以算是“生死教育”的一部分。外国的“生死教育”开始得比较早，前卫些的，甚至让学生撰写墓志铭参观火葬场；澳门的教会学校天天宣扬基督的牺牲和复活，却还未有学校敢开风气之先，认真探讨人的生死奥义。最近有本土团体在复活节期间举办“澳门墓园文化导赏行”，带领参加者游览这些平日敬而远之的公共墓园，回溯澳门历史之余也反思人生，比起到酒店花钱吃复活节大餐有意义多了。

2013 年 3 月 13 日

牌楼复兴

老外觉得港澳地区的搭棚工艺很神奇，几十根竹子，游绳的杂技，最后魔术般变出一座楼宇来。中国人只怕飞沙走石伤及无辜，避之则吉。另一种竹搭的棚子却很受路人注目欢迎，那就是牌楼。

有牌楼的地方就有热闹，但牌楼不是天天都有，花牌倒是常见。每逢土地诞、北帝诞、妈祖诞、盂兰盛会或民间体育会武术馆成立周年纪念，工厂大厦、旧区街巷的出入口，都会竖起七彩缤纷的大型花牌，外围裹上红布，旁边的栏杆则挂满彩旗。不同于香港的牌楼多用木方砌成，澳门的牌楼花牌，大多是以竹棚搭成的立体装饰。

花牌的起源众说纷纭，一说是牌楼的延续，亦有人认为是民间模仿宫廷的吉祥装饰。无论如何，花牌已成了开张喜庆、节日庙会必备的大型装饰了，牌楼扎作倒是式微。查看历史文献和澳门老照片，原来看似土气和江湖气的牌楼，在 1946 至 1970 年的火红年代，曾经风头大出。1949 年 11 月 20 日，新马路平安戏院与邮政局大楼之间搭建了一座三层楼高的牌楼，庆祝中华人民共和国成立；往后每逢国庆，澳门几条大街都会搭建牌楼庆祝，规模之大，美术设计之讲究，至今让人吃惊。

50 年代中期，澳门的国庆牌楼设计和内地亦步亦趋，增添了图画、彩灯等装饰，造型变化多样，斗拱、雕刻等技法相融合，主题内容非常贴近国情时事。60 年代是牌楼制作的鼎盛时期，曾同时有十多座牌楼耸立澳门各街区，互相较劲；后来路上车辆日增，巨型牌楼渐少，只有议事亭前地、邮政局门前、殷皇子大马路、司打口以及新马路的牌楼还保留了一段长时间，直至1970年后，国庆牌楼渐渐淡出澳门街头。80年代至今的牌楼，又回归到最早期的简洁设计，仅仅搭起竹棚，铺上木板，写上庆祝标语，外加黄绿蓝等颜色装点。

近年每逢中秋前夕，南欧风格的议事亭前地，就有一座纸扎灯笼般的“天安门”造型牌楼镇在那里，直至深秋；往昔常用的“嫦娥奔月”、“八仙贺寿”、“三打白骨精”等民间主题，被更为具象的国家意志取而代之。没有见证过澳门的牌楼盛世，看了多年还觉得突兀，老一辈却说，我们不过是回到从前罢了。

2014年9月27日

深情的街招

“东主外出深造，休息数天，见谅。”活字印刷专门店Botalic Press的铁闸上贴着这样一张手写而略显匆忙的街招。“岁晚收炉”的街招到处都是，偏偏冷不防看到如此深情的留言，让人好奇。去哪里深造甚么呢？持续教育部门，不愁找不到终身学习计划的形象代言人了。

文创空间“连胜街47号”有时也在大闸贴着手书的黄街招：“外出工作，开门有时，Sorry!”但不只有搞文创的，才写得出有性格的街招。国父纪念馆旁边的玫瑰咖啡室就很诚恳：“不为甚么，就是想放一天假。”、“放松吓啦！澳门人！本店于2015年×月×日休息一天。因为我都想放假！”可惜是电脑打印的启事，若换成慵懒的手写，那真是最代表澳门的茶餐厅了。

红纸上用金色或黑色马克笔写上“东主有喜”、“外出旅游数日”，是最常见的休假告示，这个世代已没多少人有闲情写毛笔字，即便有时间，也不见得有胆量献丑。在澳门，你可以和任何人绝交，但会写一手好字、无偿即席挥毫几张挥春对联的书画界朋友，还是要好好珍惜。

商铺街招反映市道，深切程度堪比一座城市的告白。初四还是初八启市，大概能推断出营利情况和老板人品。看过最嘘唏的一张岁末街招，是纽约某间二手书店张贴的结业启事，大意是当年东主看着这条街上的独立小书店一间又一间被大型连锁店逼上绝路时，只是沾沾自喜无动于衷，以为少了羊儿争吃草；直至街上剩下他孤军作战，才明白温水煮蛙，为时已晚。

近年澳门的铺租升幅惊人，街头巷尾的饮食店不时拉闸，贴上一张“内部装修，休业数月”的街招向熟客交代情况，然而数月过后，装修是真的，休业变成结业，好端端一间街坊老字号变成连锁运动鞋店。当这种婉约的告别成了公认的默契后，澳门的街招顿时百辞莫辩：“内部装修！会回来的！不骗你！”

还是岁晚的街招温情些，尤其是印着爆竹图样的“岁晚清货大减价”，以及在财神爷年画上手书“恭喜发财！大年初十启市！某某公司同仁鞠躬”最让人精神振奋，仿佛在商家小店给我们的深情字条中，看到了城市长生不老的希望。

2016年2月16日

末世代

转眼，一个城市在云雾中渐次缩小渐次消失，终至隐没。我很想学张爱玲奶奶的口吻，叫你沏一壶茶，或点一炉香，静静坐下来听我讲述一个时代的琐碎事。此时此刻，我在靠窗的位置上沉默读着聂鲁达的诗集，内心悲伤。我的大学同学都不认识这位智利诗人，他们写情诗了得，而真爱在这个世代早已灰飞烟灭。他们颓废，内心流浪终日，情爱的迷沼中，混有大量虚构的性；他们没有坚守的主义，一心告别革命。他们被学者称为“八〇后”，一样黄皮肤黑眼睛，与我们异域共生，然而他们声名远播，登上《时代》封面，我们却只是乳臭未干的边缘人。

我事与愿违的宿命一直延续，这里是一万八千呎的高空，安全警示灯一直固执地亮着；人们内心烦躁，我虚无缥缈的脚下还有不知名的教派冲突、恐怖袭击和种族战争。“我跟大家差不多一样：星期一觉得一切都是光明的，星期二就觉得一切都漆黑一团了；而且由此想到这一年是明暗相间，以后几年可能是一片蓝色”，诗人如此对我说，以致我眼目色相错乱，流连于纸醉金迷数着日子、地价和财产，爱着城市的坚硬，我缓缓沏的那杯茶，冷得无法喝下。

我是个百无聊赖的澳门女子，内心激情脆弱，喜以旅行疗伤。时时刻刻保持一个俯视的姿势，以便更好地看清一座城市；掠过五千公尺的上空，我看河流的支脉像血液流过它的心脏，而它在成长。剩下里程三千，窗外行云如水又如雾，三小时后飞机将降落北京首都国际机场。

时间很多，身边全是陌生人，于是我胆敢妄称自己为 80 年代的切入点及 90 年代的赝品。青年最难以忍受的罪名是没有激情与过于矫情，小城数百年的历史中，最激情的一刻也不过是刺杀总督阿马留，但那是陈年旧事了，恩恩怨怨都与我无关，我们又重新拥抱美德般的逆来顺受。

澳门回归那天歌舞升平，到处充满音乐、舞蹈和花瓣，但其实澳门人多少带点近乡情怯，只能静待一个时代的告别。当日姨丈来我家做客，我们家用膳一向无言无语，他一边夹菜，一边细数澳葡政府多年的劣政，但我一点，都，不想，听。我故意把电视声量调得很大，从葡国土风舞，大头娃娃，一路吵吵闹闹，好像过新年般热闹；没想到政权变更，竟然可以那么和平，那么欢欣。电视镜头最后定格在一个葡国音乐家的传统笛子独奏上，他闭着眼睛，笛声悠长哀怨，黯然神伤，可能他想起了一段恋情，他的祖国，又或者仅仅是因为音乐。毕竟时间太短，而遗忘太长。但我对葡萄牙没有任何激情或矫情，我也不懂得该用甚么样的方式想念葡萄牙——葡萄牙离我这么遥远，我又没有葡国居留权，连一个葡文都听不懂，我身上没有一滴血是属于她的。送别一个从未相见又从未相爱的养母并不是特别困难的事情。

飞机升得更高些。在看不见地面的云层上，我想象一众与世无争的澳门平民某年某月某日一觉醒来，突然被通知，澳门已成葡国属地时的混乱和愤慨。几百年后的某个冬夜，有那么一个女孩守在电视机旁，直至政权移交前五分钟，戏剧性地坠进梦乡。忽尔惊醒，政界要人致词的致词、举杯的举杯，城市已改朝换代，可以掌握的还剩下甚么？她只记得当晚天气异常寒冷，她所有的同学朋友都被学校调动去做千人揭纸板表演，全澳中学管乐队大合奏的节目被抽起，她接二连三与历史绝缘——她却无法从此声称，和澳门再无任何关联。

那女孩只能是我。从那时候起，我千方百计游历异地。我用所有的积蓄买了一张汉城的往返机票，独自在韩国生活了三星期，直到把所有钱花光。选择韩国，是因为它依然分裂，我想知道他们在分裂的国土上，看着别人的城市与母国团圆到底有甚么感觉。结果澳门何其卑微何其渺小，我费尽唇舌，他们才知道澳门不过是香港旁边的一个岛，一小片名不见经传的陆地。

“你永不会彻彻底底离开一个女子，一个朋友，一个城市。然后一切事情都跟其他没有分别：上海、莫斯科、阿尔及利亚在几个星期之后便完全相同了。”萨特行走在城市与城市之间，迎面而来的晕眩和恶心一次又一次包围了他。世界充满了偶然，他告诉我们，唯一能做的就是不停地选择。你这辈子将不只拥有一个男子，你选择离开一个只有二十多平方公里的城市，但到了世界尽头也能看到故乡的影子。杭州梧桐，加国枫叶，日本樱花。你可以选择一辈子吃北京水饺、韩国泡菜或美帝国的汉堡，已经没有国界之分。五道口的韩文令你双目昏眩，无法卒读；望京区的教堂禁止华人步入，后海的酒吧区一片高尚又一片糜烂。

而你，和我，都生于80年代。我不能大胆宣称这个年代比别的年代更为薄情。生于澳门，我每天活得好平静。80年代出生也许是幸运的一群，可以激情可以糜烂。从澳葡到回归，从20世纪到21世纪，从“九一一”到美伊战争，从台湾大地震到环太平洋海啸，我们都是年轻力壮的见证者。其实你也可以选择和我一样，借故蒙头大睡，在世界史上失踪。然而萨特又一次告诉我们，拒绝选择，也是一种选择。许多切身的痛苦都在孩提时代过去了，那时候我们还吃着冰棒，对世界和政治一无所知。只知道我们生于末世代，好像波特莱尔，邪恶厌世堕落，又不忘生之美好。

经济繁荣，生活百无聊赖，那是我想定义的末世代。我们以生命见证了一个时代的过渡、结束和新开始。

如果，如果。如果当初葡国人没有遇上风暴，没有路经澳门登岸晒货，又或者……但历史没有或者如果。数百年的管治过去了，末世代也告消失，将有 90 年代人取代我们的地位。然而，末世代的心路历程是属于我们的，我们在黑暗中成长，崛起于一座城的黄金时代。

有人说，爱你时，人生美好；怨你时，人生灰暗。对一座城市最大的羞辱是对它无感。能对澳门如此爱恨纠缠，既是回忆的末世，也是家的新生。

2006 年 1 月

看 戏

仙乐闻处

八月的多伦多市中心旗帜飘扬。除多伦多国际电影节的宣传广告外，少不了《仙乐飘飘处处闻》(The Sound of Music)的大型海报。玛利亚做不成墨守成规的修女，当上了军官的家庭教师，在山野间张开双臂旋而又转，乐天知命，活泼动人。但多伦多国际电影节的魅力实在强大，售票处外等后补票的人龙更是一道瞩目的城市风景，完全把《仙》和《辣身舞》(Dirty Dancing)这类音乐剧比下去。

电影在澳门不是一个备受瞩目的文化事业，艺术电影不但没有市场，许多好的商业影片也无缘上映，大众把看电影当作纯粹的感官刺激。幸好每年八月除了不定时的台风来袭外，还一如既往地有便宜又高水平的艺术节目供人们消暑。“与民同乐”、“合家欢”的音乐剧在澳门向来都是卖座保证，去年在澳门国际音乐节上演的《油脂》(Grease)和赌场引进的百老汇经典《猫》(Cats)，正是名副其实的一票难求。

艺术是传递讯息并刺激大众思考的过程，这种“讯息”可以是知识、感觉或信念。普罗大众对于经典歌剧和严肃的室内乐的态度和应对考试一样，把握“重点”和“经典”就足够，《Do-Re-Mi》和《The Memory》这类音乐剧曲目的“经典”正在于它的朗朗上口和家喻户晓。不知道《命运交响曲》算不上土包子，让你的小孩哼得出《欢乐颂》就能凑合过活了，许多港澳父母的逻辑是，理解贝多芬的沉重和忧郁，不会让小孩日后赚进更多的钱，但若能在才艺表演环节中唱得出一两首欢快的经曲金曲，赢在起跑线的几率又增加一点。

玛利亚的伞裙，郊野的自由气息，长官的儿女成群，抵抗纳粹军的战乱生活，离我们何其远；然而单亲家庭的苦闷，父母子女的代沟问题等举目皆是，温柔和蔼的家庭教师也只能被耍帅的补习天王残酷地取而代之。《仙乐飘飘处处闻》改写了《白雪公主》和《灰姑娘》以来的"后母"形象，不嫉妒不作弄不为难不谋财害命已属难得，还要唱儿歌、讲床边故事、体贴入微，一个滴水不漏的真善美的化身。甚么时候，生活终于能放下身段，模仿艺术？

贫困的日子负担不起高雅娱乐，但丰富安定的物质社会不见得就是天国，真正的仙乐还是人间难得几回闻。澳门的文化艺术发展依然一潭死水，严肃高雅的作品不被理解，拉斯韦加斯式的娱乐品味却不断被复制。观众乐意浸淫于剧场中童话般的欢乐，不见得全是坏事，但如果看完戏能得到净化和反思，那么艺术介入生活的美好日子就不远矣。

2008年9月8日

哑巴

临近岁末，澳门文艺界好生热闹。先是筹备多时的本土电影《堂口故事》正式公映，并作为本届澳门文化中心“亚洲电影观景窗”的开幕电影。对大众来说，一般认知中的所谓“澳门电影”不过是“澳门题材”，江湖黑帮、“赌圣”系列不计其数，到近年《暗花》《伊莎贝拉》《星梦奇缘》等，香港电影中的“澳门题材”仍难脱半世纪前“东方主义”的色彩——异国情调、危险、性感。“澳门”作为善良的“哑巴”和历史上的“孤儿”，就像红透珠三角的滥情剧《十月初五的月光》中的澳门人“初哥哥”一样，先天不足后天残缺，除了逆来顺受赚人热泪，其余甚么都争不赢香港。

真正澳门出品的《堂口故事》，把众多本澳影视制作人才包揽进来，二人三足是有点蹒跚学步，但未尝不是个好开始。从拍摄、宣传到放映，政府相关部门一直给予支持，首映当口更有高官出席捧场。澳门的文创产业起步晚，但至少勇敢踏出了第一步。

如果没有需求，是否就无需供给？艺术品的价值本来就难以计算，出版物对文化的长远影响更非销售数字可以概括。澳门电影没有市场，所以更要政府的助力，协助文艺工作者杀出一条血路。

日前收到新书发布会邀请，澳门当代诗歌英文选集 *I Roll the Dice* 将紧接上月六本澳门小说出场。有新出版物固然可喜，但和港台出版业一比，怕只怕又像农家的母鸡刚下了几颗蛋，拿不出省城卖，只好送礼自用，或在角落囤积。

澳门出版业虽然还停留在“自言自语”的阶段，但至少“自说自话”总比“哑口无言”要好。无论是书、电影和音乐，重点不是留为纪念，而是要让人观赏、传播，引起讨论和影响，继而使整个行业得以滋长。要对症下药，不能只怪市场低迷，或指责政府欠缺成熟的资助出版、跨域推广机制，作者、编辑、出版社或评论家自身也有营造消费风气的责任。电影工业亦如是。

《十月初五的月光》里，初哥哥的“哑”，其实很大程度是心理障碍，他走不出被葡国老爸抛弃，继而被华裔母亲灌饮毒药谋杀不遂的童年阴影。在海边望洋呐喊的他，急欲发声而不达。失声又失恋后的美人鱼还可化为泡沫，没有社工、没有慈善机构，也没有爱人愿意陪他走过牙牙学语的艰辛，善良又自卑的初哥哥只得看着喜欢的人和香港富家子共谐连理，自己在澳门平淡终老。

澳门的故事，难道就只有悲情和哑忍吗？真正可悲的是，倘若故事由澳门人来写，结局很可能还是一样。澳门人太习惯于“上善若水”地“不争”。

2008 年 12 月 7 日

假如朱丽叶懂得自爱

打开报章、杂志、电脑，到处都是情人节求生指南，多伦多大学电影学院的学生决定播《西城故事》(*West Side Story*)应节。

第一次接触《西城故事》是中学时的乐队演出。那时候大家都没看过百老汇原剧或电影版，指挥说剧情关于少年党，我们还瞎猜那激亢的音乐背后是个同志故事，但青春躁动的我们还是演奏不出乐谱中窜散的冲劲。

在 George Chakiris 的俊俏和 Rita Moreno 狂放的演绎下，那对西班牙移民情侣 Bernardo 和 Anita 非常出彩。撇开那个冗长得有点过火的片头不说（延续了音乐剧的惯用手段），电影整体的场面调度非常出色，舞蹈编排尤其教人耳目一新。舞厅和天台是我最喜欢的两幕，节奏明快，层次多变，背景色彩、衣着、舞步、言谈、气氛，都是一个时代的结晶。但最动人处，还是 Anita 干练的眼神和亮紫的裙摆。

爱情可以是盲目的，也不能哑口耳聋，至少在音乐剧里。热闹歌舞和俗套情节不过是人生的妆点，混合了好莱坞式一见钟情的桥段，幻化和抽离的镜头，还有 Richard Beymer 油腻得要滴出画面的春情——情歌纯到一定的地步，在单身者眼中便成了儿歌；每当男主角 Tony 一开口，全场便发笑。Tony 和女主角 Maria 初相识时的山盟海誓和玩家家酒，都是可以放进博物馆展览的男欢女爱。

《西城故事》号称《罗密欧与朱丽叶》的改编版，幽会的场景从英式洋台换成纽约走火梯，讲的还是冤冤相报何时了的大道理。女主角 Maria 是走错了片场的白雪公主，迫不得已要举起枪口对着两帮精力过剩的小矮人。一个王子死了，但爱在美国这个新世界总是陆续有来。时代变了，当烈女还有很多办法，开不了那一枪的 Maria 活得静好，我爱她的自爱。

2009 年 2 月 14 日

节庆中的质问

虽然四月还下了点小雪，但春天毕竟来了。多伦多以漫长的冬季著称，作为移民城市，其艺术节之丰富也颇负盛名。除了多伦多国际电影节、HotDocs国际纪录片节、Nuit Blanche艺术节外，文化盛典怎能缺少了Fringe？刚巧城市艺穗节（Fringe Macau）日前在澳门盛大举行，除了先锋、边缘、小众，也有合家欢节目，档期刚好惠及复活节的访澳旅客。

艺穗节源于法国，但其概念早已拓展至全球。香港、台北有多年举办艺穗节的经验，澳门艺穗节则努力于官办和民办的二元对立中进行试验。今年的澳门艺穗节经由革新后的文康处承办，强调城市活化、趣味亲民外，更招揽不少城中精英出谋献策。没有亲历其境，不敢对节目的总体素质妄下判断；但从规模大小、节目种类来说，都算渐入佳境。

澳门先大的细小和后大的漂亮，使它成为巡游表演的理想场所。除却宗教仪仗出巡不说，每年暑假大三巴前的管乐节大汇演已成惯例，澳门艺术节、澳门国际音乐节也非常重视户外演出。户外是艺术介入社会、介入政治的关键，行为艺术在澳门方兴未艾，未经申请的街头表演仍属违法，早些年有艺术家在市中心组织了一场“黄雨衣”小游行，举起“Who are we?”“Where are we going?”的标语，希望政府和大众反思博彩经济主导下的社会文化走向，一度成为城中热话。地小人多的好处是，轻微的一举一动都很容易受到注目，又很快被人淡忘。

举办一场艺术节所费不菲，但并非只为粉饰太平。迈入第三届的Luminato是多伦多民间举办、企业赞助的大型艺术文化节，发起人的原意正是要振兴受SARS严重影响的多伦多旅游业，并透过多元艺术对萎靡的社会人心进行疗救。但艺术节不是万灵丹，曲终人散后还是要为资金苦恼。最近看内地的艺术新闻，报道指北京艺术市场受去年全球金融危机拖累，艺术品交易拍卖状况令业界担忧，更出现了画廊倒闭潮。北美经济前景比亚洲更为严峻，沿多伦多市中心走一圈，不少画廊的橱窗都挂满了贱卖的画作。

欠缺交流的文化只会趋于静滞。数百年的殖民为澳门留下了创伤，也留下了建筑、双语、美食和混杂文化，问谁又忍心辜负那舞台般的葡式碎石路，以及大三巴前的意大利麻石阶梯？引进的节庆表演，常常带来新颖的欢乐，但也应留意后殖民地的艺术家们正大胆地向城市质问，并展示着堂而皇之的“一无所知”：我们是谁？从哪里来？往哪里去？适合于游行中创造艺术的城市不只有法国；被这种生存问题困扰的，也不只有高更。

2009年4月12日

说戏瘾

戏院设施和观众公德，理应不是左右一部电影好坏的因素，可惜在澳门，这些细节常常毁了一部电影。播放设备和环境是经验论，“此处不留人，自有留人处”；可是观众素质难以预料，有时台下的“演出”往往比台上的电影更出人意表。

买电影票就像买彩票，要看运气。澳门的常规电影院只有三间，这个暑假刚好陪朋友到旅游塔的电影院看了《变形金刚2之狂派再起》。开场之前，朋友说上次来这里看戏，电影放到一半突然停电，银幕整个黑掉，数分钟后电影继续，但有观众生怕看漏了剧情，站起来大吵大闹要求电影从头再播。银幕上十数个正邪难分的机械人短兵相接，在沙漠打得敌我莫辨，昏天暗地，台下的询问声、解说声也如群鸦乱舞。说戏就像蝉鸣，一只叫起来，众人的胆子也就跟着大了，不附和就像不合群似的。

电影在许多人心中首先是一个商品，也就是消遣的玩意儿，看得投入尽了兴，当场评头品足一番，也就值回票价。到北京的大学讲堂看特价电影，偶然会碰上边看边吃水果、吐痰的邻座；韩国人看电影则像不能嘴里没有吃的，全场咀嚼爆谷薯片的声响此起彼落。但无论在哪座城市，总是会遇上一边看戏一边高谈阔论或手机大响的自私鬼，澳门也不例外。

我常疑惑澳门是不是因为还没衍生出一种本土的娱乐文化——内地同胞喜欢“相声小品”，香港人偏爱“棟笃笑”，澳门人则在 KTV 里总是唱内地和港台歌曲，看港台电视节目，听香港的电台，当旁观者当久了，说甚么都不怕得罪人，慢慢培养出一股“说戏瘾”来。同事到旧区那间历史悠久的永乐戏院看《投名状》，她说电影演甚么完全没印象，只记得后座的男人一直大喊“杀！杀啊！杀！把他们都杀光光！”，到电影结束还静不下来。那间旧式戏院我很少去，其中一次看的是《L之终章：最后的 23 日》。电影沉闷无比，观众只能一分一秒等待主角死去。然而全场有隔壁曲艺社阴柔、哀怨又极具穿透力的旦角唱戏声和二胡声，坐在那狭小、阴暗、潮湿的硬座上的我，不禁听得出神，又觉毛骨悚然。

2009 年 8 月 17 日

澳门与奥斯卡

最近天气异常潮湿，电视机和音响都不听使唤，家中的天花板也快要滴水，最好的娱乐就是到有冷气的戏院，在干爽中把周末消磨掉。

澳门电影院上片一向慢几拍又映期短，选片口味倾重港产片、荷里活大制作、鬼片和爱情小品，偶尔放映一两部独立电影或艺术性强一点的商业片，就算是周末晚的黄金时段，都可能会有“包场”的奇遇。

在电影院的人龙中碰到一两个喋喋不休大发伟论的电影迷，这类活地亚伦的电影桥段在澳门现实中很少见。大家都会说：“这电影好看！”或“那片子真的烂透了！”，却很少有人清楚说出个所以然来。其实没有太多观众在乎片单上哪一部是奥斯卡候选电影，拿了多少个欧洲著名电影奖项，甚至连口碑也不重要——类型往往是影响澳门观众入场的关键。人文艺的，男生会睡着打呼，怕女生哭哭啼啼；太暴力太惊吓的，男生也心不在焉，只想如何让身旁的女伴靠得更近些；太复杂太多推理的，男生又担心要忙着解释，看完戏还真伤了感情。

当年《色·戒》千呼万唤都没有出来，到今年只有2D版的《阿凡达》可供选择，逼着澳门人过埠观影；但就没有哪个赌场或商场老板想要把心一横，让澳门的旅游休闲城市形象更名副其实，盖个像样一点的影院。除去澳门影院的“硬件”问题不说，澳门还有影评人少、观众普通缺乏基础电影知识等

“软件”问题。澳门政府若真要坐言起行发展本地文化产业，除了投放巨额资金拍摄像《星海》《奥戈》这一类合拍片模式的“本土电影”外，是否也应为电影爱好者提供更多的观影选择和电影资源？是否也该重新考虑影视文化在传统教育中的角色？给予年轻人更多参与电影创作的实践机会？父母能否不对梦想当导演当编剧的子女撂狠话：“去当‘荷官’赚钱养家，搞艺术只会弄得流落街头。”

也许奥斯卡的红地毡离澳门人的生活太远，谁都不太在意最佳影片和最佳导演花落谁家，但电影的存在，正是为了改变人们看世界的方法。荷里活电影喜欢拍拉斯韦加斯，因为那里充满冒险、爱情和机遇，有说不完的故事。那么“东方的拉城”又将激发甚么样的影片？难道只能沦为被他者述说的他者？下月初便是“澳门国际电影及录像节”了，没打算到香港国际电影节的电影迷，不妨到文化中心捧捧本土电影人的场，看看澳门人如何用镜头说自己的故事。

2010 年 3 月 7 日

多开几扇观景窗

两年一届的“亚洲电影观景窗”在十一月底于澳门文化中心举行，恰巧和澳门城市艺穗节碰个正着。今年的主题是台湾电影，既有台湾新浪潮领军人物侯孝贤的经典回顾，也有近年新晋导演的得奖纪录片和剧情片。不用大清早排队抢票，票价又远比外国的国际影展便宜，我这个电影迷当然不会错过。

这次主办方没有请到侯导，也不办任何相关的影评人讲座、导赏活动，但电影本身已极具吸引力。在多伦多，艺术电影和诗的命运相似，捧场客大多是长者或中年的中产阶级，这些被电影熏陶长大的老外，退休了反过来又到非牟利电影机构或政府的电影中心做义工，顺道看看戏，重温他们未完的电影梦。可惜澳门到现在还没有具规模的艺术义工文化，学校、政府不提倡，家长也常常认为上电影院等同浪费金钱和时间。

澳门严禁盗版的举措保障了创作者的知识产权，市场却没有提供足够多元的服务，政府也并未设立像样的电影资料馆。澳门艺术博物馆的附属图书馆里，设有小型的电影数据库，然而数据库的观影设备和片单滞后，常规性的放映活动难得一见。澳门何东图书馆倒是有电影光碟可供借阅，但又碍于版权问题，不少电影只能在馆里大厅的电脑上观看。每逢周末都可以看到家长把小孩子搁在那里看电影看一下午，小孩子戴着耳机看卡通片看得大呼小叫，往往就掩盖了邻座在看的那部悲情戏女主角的内心独白了。

当大家看到内地和香港合拍片的票房奇迹，而高呼要投资发展影视产业时，有没有想到观众和人才一样，也是需要长时间培养？澳门虽是弹丸之地，但电影的世界却有无限可能，这个城市最急需的不只是一条把本土创意推向世界的大路，还有无数个迎向世界的观景窗，让小孩做梦和想象。

2010年12月17日

潮语

粤港澳用字用语向来有微妙差别，尤其体现在流行语的使用上。香港有设计师洞识先机，因应文化动向推出“潮语学习卡”和相关产品，寓教于乐的同时，也增加了本土语言的活力。一水之隔的澳门，也受到香港的潮语影响，除了日常生活应用，“潮语卡”也渐成澳门人的婚礼游戏之一：新郎抽到“潮语卡”后必须遣词造句，哪怕是抽到“屈机”一类的贬语。相对于在冰水中用脚趾夹麻将的酷刑，“潮语造句”这类用才智娶妻的方法有古韵多了。

对学者和传媒工作者而言，潮语是窥看流行文化的重要切入点，《亚洲周刊》每期也会特别关注最新的网上潮语，香港报章也不时有关于内地流行语的整理报道；对商界而言，紧贴语言潮流，几乎是电视剧、电影等大众文化的使命之一；教育界则忧心潮语的流行对正统语文的影响。虽说文化的往来并非单向，但总有强势弱势之分，总体而言，澳门人在粤语的把握上非常进退失据。一方面，澳门本来就有大量移民，在地化后又嫌正宗广府话的字正腔圆像台上朗诵，加上饱受香港文化熏陶，言谈之间又生怕被港人取笑其用词“老土”、乡音未改，努力学习港式潮语的同时，又沾染了粤英混杂的造句风气；另一方面，澳门的经济命脉主要是内地自由行的庞大客源，普通话的使用日趋普遍，连带内地潮语也开始融入本土文化，磨合过程中却经常引发误会和歧义。幸而澳门向来有“兼用并包”

的拿来主义精神，对澳门人而言，有没有原创的本土潮语，不是那么重要。

语言在粤港澳的演化，绝对可以写成一篇文化研究的博士论文。一个时代有一个时代的关键词，有时候关键词使用率太高，特别被年轻人追捧以后，渐渐就成了潮语——然而一地有一地的潮语，彼此暗中较劲。譬如内地很流行的“囧”字，到了港澳地区则不及“O嘴”一词绘形绘声。2008年香港中学会考中国语文试卷有“见鬼勿O嘴，潜水怕屈机”的考题，断章取义为“看见鬼时不要吃惊，不露出水面的潜水员，因为害怕无力取胜而屈服”。幸而澳门没有会考，甚至没有大学联考，不然碰上这样的考题，大概只能在试卷上画一个“囧”样，然后弃笔投降吧？

另一边厢，日本汉字能力检定协会日前依照惯例，在京都清水寺公布反映世态的年度汉字，继“爱”、“伪”、“变”字之后，今年获选的是“新”字。作为一年一度世情的集中展示及提示民心的重要活动，“新”字出线，许多人认为和日本首相鸠山由纪夫、美国总统欧巴马（奥巴马）等新政权推动各项革新，以及新流感肆虐全球等有关。今年是澳门回归十年、新政府上任的日子，若要选澳门的年度关键词，大概也可以用上“新”字；同时寄望来年的年度潮语，是不折不扣的“升呢”（升级）好了。

2009年12月12日

三文四语

随着新一届政府上台，“三文四语”在澳门的讨论又热了起来。一是争论到底宣誓就职典礼是否应用粤语，二是部分官员的普通话水平堪忧，认为急需对“三文四语”加强推广。

香港推出“两文三语”教学目标已经多年，而澳门现行的所谓“三文”，指的是中文、葡文、英文；所谓“四语”，指的是粤语、葡语、英语、普通话。然而中文又有繁简体的差别，澳门的学校普遍混用内地、港台澳四地出版的教科书，越来越多商店公司的招牌直接舍繁取简；如此一来，日常使用的“三文”中又仿佛多了“一文”。

澳门向来奉英文学校为“贵族学校”，用葡语教学的屈指可数，中文学校的普通话教学则是后来居上，以前内地来的老师只能用发音极不纯正的粤语迁就学生。粤语教学非常奇妙，老师们既不教拼音，也不教九声，学生们想翻字典求证也只看得懂反切，仿佛粤语的一字一音唯有口耳相传。许多内地同学叫澳门学生教授广东话，我们也只能投其所好，唱 Beyond 的《光辉岁月》，唱 Twins 的《下一站天后》，叫他们看港片和电视剧，就是不会教人从拼音学起，就连电脑打字，我们都惯用近似五笔、与拼音无涉的“仓颉”。也就是说，粤语的拼音其实在日常生活中很少被运用。

澳门政府决意保留葡语为官方语言之一，但澳门深谙葡语的人实属少数。葡语虽然给讲中文或英语为主的旅客带来了沟通阻碍，但也保留了对土生社群文化的尊重，同时为澳门带来诸如世界葡语运动会，与欧盟、南美及非洲等葡语国家的合作商机，促进了澳门与外界的沟通。

香港近年在普通话的强势来袭中，掀起了对粤语“正字”、“正音”、“潮语”的学习热潮，却反照出澳门人对本土语言文化的相对漠视。2003年以后，澳门经济腾飞，澳门人已不复殖民时代使用洋泾浜时的灵活。在这里，葡语继续作为当公务员的快捷方式，但生活上依然离群独处；百货公司售货小姐的京片子，往往令你有时空错置之感；英文相对流利的菲律宾人和港人，备受澳门的外资赌场重用……语言的社会影响在急速变迁，渴望与世界接轨的澳门人急于牙牙学外语，却忘了先掌握好母语的重要性。

2010年1月11日

兔立鸡群的澳门建筑

再过不久，上海世博就正式开始了，各国奇招尽出，场馆争妍斗丽，务求展示独特的民族特色，表现其最新的科技和建筑水平。好的建筑，哪怕是短暂的，都应该是过去、现在和未来的综合体。

幸好世博澳门馆并没有在上海树立起廉价的南欧风情，或故意卖弄形神俱缺的中国风。纵使我们这一辈对“玉兔宫灯”缺乏集体回忆，但立于21世纪之初的澳门馆最终还是以此形象出现。这座澳门馆有多少“澳门元素”不是重点，且看它能否有效地向世人展示澳门如何“与众不同”才是关键。澳门人最引以为傲的，是中西文化在此地的和谐共融，反映在建筑中，巴洛克、新古典主义和阿拉伯式建筑风格被保存下来，多年来被政府积极活化，成绩可观。前些年澳门的历史建筑群被正式纳入世界文化遗产，足见其历史及艺术价值。

大家都说北京成了当代建筑的实验场，各国建筑大师纷纷用标新立异的方式改变着这座古都的天际线和外貌。相反，澳门自澳葡政府开始，已有明确的限制历史建筑物附近楼宇高度的规定，故高楼大厦不多。自赌权开放、外资涌入，各项大型建筑项目进行得如火如荼，不少现代或后现代风格的赌场建筑拔地而起，可惜那大多是拉斯韦加斯的复制品而已，不像芝加哥那样可以把建筑物作为吸引旅客拜访的本钱。上个月带外地朋友游澳门，本以为那些奇形怪状的赌场建筑、经过悉心布置的葡式碎石路会吸引他们的眼球；谁知人声鼎沸的横街窄巷，油漆剥落的旧区粉墙，才是最让人目不暇接给的惊喜所在。

2000年汉洛威（汉诺威）博览会中，日本建筑师坂茂的纸制日本馆一鸣惊人，并为建筑的功用性、时效性和可持续性提供了新的启示。纵使我们暂时无法在“玉兔宫灯”澳门馆的外观上预见澳门建筑的未来模样，但城市发展将不会停步；相对于炫目的外观，市民更需要的是人性化的建筑设计、不偷工减料的私人楼宇和公共场所，以及有效的置业补贴计划。能否“兔立鸡群”已不重要，希望上海世博的建筑群能为上海，乃至澳门的城市发展提供新方向。

2010年4月19日

那个满街靓人的年代

我不爱看时装专栏，因为真正有风格的人不多，能用短短几百字评头品足又带出故事的人更少。做时装访问更难，往往只是外国名牌的堆砌和设计师的花边新闻，被访者都像衬衫上扁扁的烫字图案，没有轮廓也没有深度，文字往往沦为封面照外的画蛇添足。看了黎坚惠的《时装时刻》，却有一服欲罢不能的购物冲动；千变万化的时尚造型，力透纸背的舒坦和自信，隔空就让人感觉到时装的改造和提振力量。

穿衣是风格，是苹果和橙的选择，你可以说出一大堆理由证明苹果比较有益，可就是有些人比较喜欢吃橙。港澳台的电视明星、杂志模特、逛街美眉，这季度无一不是飞行员上身，花的、素的、波点的、条纹的，满街都是 jumpsuit 和 fashion victim。我相信好的衣服是人衣合一，凡事都要看缘分，硬装出来的风格，旁人看着也累。

我对赌权开放的第一感觉，就是街上的先生女士突然都人手一个 Gucci 或 LV，连中学生都背着 Alviero Martini 地图袋去上学。然后购物的地点和方式转变了：竞争机制下，便宜的船票吸引更多澳门人去香港购物；人民币升值了，连阿姨大婶都不再山长水远到珠海拱北买便宜货；威尼斯人大运河购物区开幕后，大家都习惯在模仿户外、实际上冷气大开的室内拱廊街逛国际连锁店，只认国际品牌；年轻人的服饰小店，商品清一色都是日韩系，或是仿名牌仿得形神溃散的劣质货，早已没有甚么宝可以淘；为了省钱，白领们都沉迷网上购物和山寨货……

黎小姐缅怀那个充满“靓人”的90年代，慨叹香港回归后，街上已看不见甚么“靓人”。我有个身高一米八的澳门朋友却常说，每次过海到香港购物打扮得稍为随便些，马上感觉比别人矮一截，只要出埠，必定带着几件战衣以备无患，而且要求同行的女伴，就算到楼下买包香烟也不能素颜。

时装是城市底蕴的一部分，看看上海官员为了世博，呼吁市民不要穿睡衣上街便略知一二。若论流行时尚的讲究程度，澳门人远不及香港人，对锦衣华服或奇装异服少见多怪，然而它的随意随便，弥漫着一种千金不换、海岛度假村式的放肆慵懒，爱打扮的“时装精”可能会觉得浅水困蛟龙，对我这种森林系女孩来说，简直是省时省力省心思的自由乐土。

2010年5月19日

艺文工作者之生存与生活

第二十一届澳门艺术节两周前落幕了，庆幸不用像几个月前看林奕华的《华丽上班族之生存与生活》那样要早起抢票，该买的票还是买到。

说到心水，喜欢现代舞的我，第一票当然投给英国 Akram Khan 舞蹈团的《旅者•舞境》。Akram Khan 的编舞鲜活、多变、幽默又意味深长，《旅者・舞境》讲的是抽象的“家”，讯息却出奇地令一般观众也觉得可亲，澳门文化人几乎全体出动来捧当代编舞鬼才 Akram Khan 的场，座无虚席是意料中事。

另一票我投给了闭幕节目——古巴 Rakatan 芭蕾舞团的《夏湾那盛典之夜》。音乐出色，剧情一如其名，有点像百老汇剧的大杂烩，不过不失，看得我频频走神，只略嫌那佛兰明高（弗拉明戈）舞蹈员举手、投足、扬裙都不够利落（顿脚时连大圆耳环都飞掉了，跳得一头散发还是其次），气势明显被古巴土著舞蹈比下去。

除了舞蹈表演，今年艺术节一如以往，也有不少本土剧目（特别是年年必备的土生土语话剧）。2001 年，所费不菲的“本土大型舞剧”《澳门新娘》昙花一现，往后就只剩下本土的小剧场小剧团艰难求存。可惜澳门至今欠缺有市场又有特色的本土剧目，在没有职业剧团又必须依赖政府资助的机制下，澳门人期待的不是由政府打造的主旋律样板戏，而是真正具有生命力、雅俗共赏的表演。

上海世博园区内的免费表演深受追捧，连SMAP也要腰斩演出以免引起混乱。澳门馆还有甚么演出可以自豪地向世界展示？澳门的相关策划部门，又有没有勇气给予这些剧目恰当的演出机会？如果答案是还没有，那么在不断外购演出剧目的同时，也应加强力度培养和扶持本地演出，为本土文艺工作者制造更多生存和生活的空间，让本地剧目得以透过世博这一类千载难逢的机会走出澳门，让更多人看到赌城生活除了纸醉金迷、刀光剑影，还有文艺、创意的一面。

2010年6月9日

远东和远西

澳门艺术博物馆展出的“马克·吕布摄影回顾展”取名“直觉的瞬间”，是继“九九归一——庆祝澳门回归祖国十周年故宫珍宝展”后最令我期待的艺术展。此吕布君，乃是拍下《艾菲尔铁塔的油漆工》等经典照片的法国著名纪实摄影家 Marc Riboud。

马克·吕布对事物有着惊人的敏感度，但和许多喜欢展示他人痛苦和冲突的纪实摄影师不同，他既不迷恋暴力，也不刻意粉饰太平，“遇到暴力、血腥、折磨人的场面”，他宁可“闭上眼睛，盖上相机的镜头”；看到高傲可笑的殖民者，他掏出相机按下快门。他倾向以平实自然又活泼生动的方式展现事物美好的一面，像华盛顿五角大楼前反越战示威的少女向士兵送上花朵，以及周恩来总理在严肃的外交会谈中讲“两个主义”时的“胜利手势”，无不充满幽默又感动人心的力量。

马克·吕布热爱东方，尤其是中国的黄山，他是新中国成立早期少数被允许进入内地拍摄的外国摄影师，从 1956 年底至 2010 年，他先后二十二次到中国进行拍摄，正如他所言：“摄影不能改变世界，但可以展示世界，特别是当这个世界正在纷扰变化之时。”这次展览不按时间或地点分类排序，更因场地所限而需分层展出，但策展人尚陆（Jean Loh）看似漫不经心的安排，实际上巧妙地拼凑出马克·吕布这个西方人眼中的“远东”——透过日本女子、90 年代的巩俐和 21 世纪的周迅等东方女性的群像，突显了“远东”这半个世纪以来翻天覆地的变化。

虽然展览中没有一个澳门人幸运地成为马克·吕布照片中“瞬间的主角”，但曾经作为“远东”重要口岸的澳门却催生了中国首张照片，也是法国摄影术传入中国的第一个城市。1844 年 8 月，法国使团来华要求清廷开放通商口岸，当时随团而来的摄影师于勒·埃及尔（Jules Itier）在澳停留期间，拍摄了中国有史以来的第一批照片，澳门艺术博物馆便收藏了其中一张名为《澳门南湾风光》的银版相片，算是为“远东”的模样留下了见证。

说起“远东”，展览中有一出关于马克·吕布的短片访谈甚有意思，他在片中表达了对黄山美景的仰慕，以及对西方文化侵蚀东方文化的感叹——“现在中国甚么都有了，麦当劳……东方再也不是远东（Far-East），而都变成了远西（Far-West）。”在全球化时代，“远东”和“远西”已经失去意义，但马克·吕布照片中那些看似永恒的故事，仿佛才刚刚开始。

2010 年 7 月 23 日

那一抹志愿彩

澳门有关2010年广州亚运会比赛的报道不多，但听闻非卖品“志愿彩”火了起来。作为这届亚运会志愿者的重要标识物，“志愿彩”不只是一块色彩缤纷的长方形手帕，主办方说可以用作围巾、头巾、护腕、发带等，起打气、识别、保暖、擦汗的功效，分有通用版和城市版，还顺势在六一儿童节推出了儿童版。主办方找了一群青春少女在发布会上走台步，一大堆名人也加盟做代言人，“据说”连时尚达人也趋之若鹜。

犹记少年时，我十分热衷于当志愿者，在国外念书时尤甚，服务社会、认识朋友、练习外语都是诱因，久而久之，家里就存了各式各样的志愿者服，它们大多粗制滥造，又有鲜明的特殊标志字样，平白无事不好穿出门，慢慢便成了居家服或运动服。前些年澳门文化局申报世界文化遗产时，便制作了一批设计实用、用料上乘的白色风衣，供志愿导游和参观景点的学生穿着。当时的中学同学纷纷羡慕我这份“文遗导游”的课外兼差，也不过是觊觎这些聊以安慰的非卖品。

志工文化对中国人来说不算陌生，学习雷锋又成了新派的怀旧，北京一些公车站常常有缚着红领巾的少先队小伙子站岗，更不用说那些退休长者整天戴着红臂章免费教人转乘。中国志愿者的形象，大概以2008北京奥运最为深刻，当时不只场内外都是经过长期培训和严格挑选的志愿者，连大街小巷也是每十步就有一个老北京坐在小板凳上随时候命。上海世博对志愿者的需求更大，时间更长，职务更多，澳门不少大学生都报名去开眼界。

调动群众是一门公共管理的艺术，民众对社会活动的参与度，正是文化发展的一项重要指标。对非营利机构而言，志愿者是十分重要的人力资源和资产，外国许多非营利机构或国际电影节都设有志愿者管理部门，以协助大型活动的进行及应对日常办公之需要。有效调动数千名素未谋面、没有劳资关系、没有受过长期专业培训的志愿者，比指挥一队路人组成的临时交响乐队更难，出色的志愿者部门领袖要天生具有洞悉人心的双眼，明白和尊重志愿者的需要及价值，他们要求志愿者尊重他们身上的志愿服，就像尊重活动本身一样。他们深明志愿者的满足感往往来自活动的过程而非事后的奖赏，所以不会也无法把志愿者当作一群等待红领巾的小学生般随意调动。

如果广州亚运会那抹“志愿彩”不过是一条放在官方纪念品专卖店里的商品，那么较它漂亮百倍的比比皆是，它的特殊性在于，非卖品的“志愿彩”本质上是一条换了颜色的红领巾，依然代表被从小灌输的为祖国奉献的集体意志。其实，每一次的志愿活动都是独一无二、非金钱可以购买的经验，不一定非得开口闭口都谈荣誉。主办单位和志愿者如果都有此悟性，甚么纪念礼品都是彩霞浮云了。

2010 年 10 月 27 日

在颁奖台上空手而回又怎样

我高中念的是男女校，班上足球踢得最好的几个男生，学习成绩都很糟糕，球踢得再好，都因为留级太多次年龄太大不能参加校队，晚上不用兼职打工的才有机会去踢本地业余球队。他们在课上怎么强打精神还是会睡着，英文单词复习一百次都记不住，不断被点名罚站、考试不合格，整天落魄得像被喂了迷魂药。但一到班际足球赛，换了球衣的他们踏上那片涂了绿漆的小型球场，就瞬间脱胎换骨，变成一群目标明确、充满斗志、不服输、不管伤势仍坚持拚尽全力的运动员。单是看他们铆足了劲、精神焕发的样子，作为啦啦队的我们不禁心情激动，输赢倒成其次。

可是突然有一天，他们的身影在学校的球场上永远消失。据说是校长下了“禁足令”，不准成绩烂透的男生踏入球场半步，好让他们专注学业。他们从为了班级冠军而奋斗的勇士，又变回了一株株垂死的植物。大部分人后劲不继，留级，最后被退学。

现代运动会的举办有很多复杂的因素，诸如展示国力、刺激经济、改造城市，但万变不离其宗的是，在公平、公正的情况下，运动依然是一种精神和态度，它鼓励人不断追求自我的突破，透过竞争把人类的体能和意志推向新的高度。一个成功的运动会不只是以建设了多少个划时代的场馆，或产生了多少项新的世界纪录为衡量指标，而是它能否成功让群众有更多机会认识、接触、参与更多元的运动，让人亲身体验和了解运动的精神和美妙之处。

如果这次广州亚运会能够让没有见过排球的农村小孩也能玩上排球，扭转许多校长和家长对运动的普遍轻视，长远地投入更多资源，让市民从小享受运动的乐趣，那么就算中国在颁奖台上空手而回，也算是一个十分成功的运动会了。

2010 年 11 月 9 日

清明的智慧

世博中国馆的电子动态版《清明上河图》继香港巡展后，清明时节移师到澳门，在派票文化盛行的小城，十块钱的门票两度售罄，还出现了难得一见的黄牛票。我约了几位朋友去看展，由买票、进场、看展、离场，一切井然有序，不挤不赶也不费时，朋友V说：“这就是澳门的可爱之处，人少，凡事慢三拍跟在香港后面，有前车之鉴，所以做甚么都顺顺利利。要是在上海或香港，人挤人看展览多痛苦！”

展览在有“澳门蛋”之称的澳门东亚运动会体育馆举行。“澳门蛋”建了那么久，我除了偶尔听到它漏水的消息和去附属保龄球馆外，这还是第一次见到主场馆的真身。场刊建议先看介绍区，再粗看展览，然后慢慢看自己感兴趣的细节，但我们决定不依它的。

朋友V向大学生模样的工作人员问路，人家指着那仿做的虹桥回答说：“过了桥就不能回来了。”

“哦，这条桥是叫奈何桥吗？”

工作人员笑而不答，只道：“出口处有免费派发的纪念品喔。”

“该不会是孟婆汤吧？”

“智慧的长河”是这次展览的主题，创作者归纳为“乐山乐水”、“南北通衢”、“方圆成矩”、“勤业乐事”、“戮力同心”、“相容并蓄”、“万国成通”、“诗礼传家”八点智慧。由于场内没有讲说，如果没有先看场刊介绍，或对《清明上河图》的背景有一定的认知，实在很难看出个所以然来，幸好香港许多电视节目早已仔细介绍了动态版《清明上河图》的制作过程，不少观众对那几分钟演出的细节早已了如指掌，“船过虹桥”还不算最吸引人，“桥头”前却有一双双手举着相机，等着拍下“小孩抓猪”的一幕。让我们看得最投入的，是船上那些舞姿夸张的歌伎。

“怎么汴京街头没有女人？她们只有周末才去逛街？……还是她们根本连街也不能逛？汴京其实在哪里？骆驼是如何来到的？”

我的朋友们对中国文化和历史感到陌生，但你要是在场里穿梭一小时，不难听到超过一百次这样的答问。如果把现在的澳门画成长卷画成浮世绘，几百年后的人们会怎样看这座小岛？是繁荣还是畸形？看着热闹的汴京日夜交替，V 慨叹：“能活在如此应有尽有的城市，想必很开心。”

“言下之意，现在又嫌地小人稀的澳门落后了？”

V 看着那条“智慧的长河”，好像悟到了甚么：“比上不足，比下有余。只怕再不努力，还比不上宋代多姿多彩的汴京了。”

2011 年 4 月 10 日

音乐若是一部成长史

当春天以雾雨的形象露面时，穿着舒适白衬衫的巴比·麦菲林（Bobby McFerrin）悄然踏上了澳门文化中心的舞台。他一开口，空间充满飞鸟虫鱼，万物与之合一，四季仿佛同时运转于他身体里面。自己就是主唱和音伴奏特效，被喻为“人声魔法师”的麦菲林让人重新发现歌唱是一种与生俱来的能力。他有本事叫全场近千人乐滋滋地听他发施号令，连胆小如我也有枯木重生的感觉，忍不住在人声掩护下开口探索自己的音域。

多少人被电影《放牛班的春天》和《春风化雨》感动得泪眼婆娑，可惜自己没能如电影主角般幸运，遇上一两位足以改变一生的启蒙老师。更可惜的是，学会“说话”、写作、聆听已是一辈子的功课，音乐在澳门的传统中小学教育多少被视为不务正业，破格的音乐老师成为众矢之的后黯然离场比比皆是。国外尚且如此，我不敢想象麦菲林当上澳门的中小学音乐老师会有甚么下场。

从小到大的音乐课反复强调三件事，节奏、音准、音色，从不谈感情。幼儿园入学试唱儿歌，就算口齿不清都是悦己悦人的事；小学周会牙牙学语唱圣歌，则是不求甚解的神奇体验；中学变声期的音乐课期末考，站在全班同学面前边唱边哆嗦，老师还会浇冷水说你音不准、气不够、共鸣不足、声音太扁；大学的必修学分之一，是呼朋唤友通宵 K 歌达旦，或是失恋时抱着咪高峰（麦克风）边唱边哭，更不用说步入社会后交际应酬的献唱娱宾。音乐若是一部成长史，那么返老还童般痛快的歌唱经验，如今就只剩下沐浴时间而已。

托选秀节目和华人音乐家的福，加上日剧《交响情人梦》大热，近年学钢琴学唱歌的人又多了，全都望子成郎朗，望女成李宇春。每天晚饭后的电视声，渐渐换成了左邻右里的小朋友倦怠的琴声。怪不得香港纪录片《音乐人生》里的少年音乐天才 KJ 不断向镜头诉说：“我只想做一个 human being。”

母校某德育课老师，有天到乐团排练室门口贴上肃静告示，虽被羞辱，乐团中人却一笑置之。如今想来，那人未必不是本土版的麦菲林，为了诱发学子们与生俱来的音乐潜能，只好置之死地而后生，用破格的激将法，企图迫出一个音乐的春天来。真是用心良苦的培训。

2012 年 3 月 8 日

饮早茶，看早戏

每逢周末，一般会赖床晚起，但为了省钱赶去电影院看早场电影，也只好一大早和周公话别。

舍得早起，除了因为早上电影票价便宜，更重要是因为“奥斯卡巡礼”的活动，好戏连场，有新片，有回放，也有托“奥斯卡提名”的鸿福才在澳门上映的独立电影。这种可以一整天在大银幕连看数部好戏的快感，在纽约、多伦多、台北的电影节都常有，在澳门却是难能可贵。

当天一口气看了三小时的荷里活大片《华尔街狼人》和两小时的日本动画《风起了》，还预订了下周的几场电影票。服务台的经理似见着知音，悄悄问我:“都看齐了吗？”他指的是入围本届奥斯卡的几部影片。

“差得远呢。今天本来还打算看《骗海豪情》，然而只有二百多块钱的包厢票。我又不是土豪，再爱看电影也花不起这种闲钱。”他推荐我参加今届最佳电影和最佳男女主角的竞猜游戏，猜中又抽中的话，电影院会免费送一场包厢。

戏院包厢对澳门人是新概念。文化中心、岗顶剧院不设包厢，平日看演出，平民百姓与达官贵人都坐在一起。随着越来越多大型活动举行和豪华设施落成，包厢的需求也出现了，但上电影院的人也多了吗？

根据世界银行的统计资料，澳门的人均 GDP 仅次于卢森堡，位居世界第二，连有“东方之珠”之称的香港也不过排在第九位。经济数据美则美矣，澳门的电影院却屈指可数，市场有限、人口有限、舍得花钱上电影院的人更少，票价不算便宜，去电影院依然大多属于约会行程和社交投资，还不如宅在家上网或看 DVD 舒适惬意。话虽如此，“一人经济学”的好处又浮出水面——单座位的票总是位置不错又容易买到，如果有二轮电影院就更棒了。

有包厢却没有便宜的二轮电影院，可说是富裕城市的一大憾事。当然有人会不客气地揶揄：澳门电影院上映“新片”的节奏，经常较邻近地区落后，本质上已是不折不扣的二轮电影院了！

幸好还有早场及午夜场电影优惠。虽然现时早场电影优惠只限于五星级赌场及酒店内，消费模式比较像看完早场电影，再去吃昂贵早午餐或下午茶，然后去赌两手。看完夜场电影，再去饮早茶吃一盅两件，也是另一种省钱的办法，听说当年福隆新街的清平戏院也有夜场电影，粤语残片或艳情片总是不乏捧场客的。

清晨上茶楼饮早茶的岭南风情，到了 21 世纪已经变调，渐渐换成周末的西式早午餐。不是每个人都愿意离开温暖的被窝去赶早场电影，幸好饮早茶的习惯，对老一辈还是现在进行式。比起北方的馒头稀饭，广式生活更教人学懂“早起的鸟儿有虫吃”的真理——有了广式早茶这个强大的诱因，看早场电影就是温饱后的精神食粮了。

2014 年 2 月 25 日

雀仔园的迷人大戏

每逢土地诞前后，总是要往雀仔园转转。福德祠门前热烈非凡，到处都是五彩缤纷的牌楼和捐款者名单，坐满等看粤剧的老街坊，还有舞狮采青烧鞭炮。今年来澳演出的是广东艳阳天粤剧团，《紫钗记》《唐宫恨史》《梁祝恨史》《白兔会》……有日场也有夜场，有现场乐队还有电子数码字幕，张灯结彩，人山人海。

在澳门的路边看大戏，就数雀仔园最有特色，热闹程度比圣像出巡和舞醉龙有过之而无不及，尤其立起了牌楼，更像个隐秘的城寨。《紫钗记》还未开场，先到澳门首间华人开设的葡国餐厅坤记餐室，吃我最爱的干免治牛肉饭。雀仔园向来是饮食界的兵家必争之地，街市外的小摊小店，葡菜、泰国菜、星马菜、越南菜、甜品店、上海小吃、车仔面档、粥粉面饭、广式煲汤、平价牛扒应有尽有，给雀仔园这个迷人的旧区多添几分色香味。

据说雀仔园以前是一片树林，葡人经常在那里打猎雀鸟，故得名。作为澳葡政府首个在澳开设的坊区，雀仔园是早年不少澳门华人望族的聚居地，有些生了儿子的富户曾在那里设三天的流水席庆祝。如今富人都搬到离岛和半山了，豪气的流水席早已烟消云散，只剩下土地诞的敬老宴，以及工作人员在街市外的小摊分吃烧肉，别有一番市井气息。

雀仔园早在清光绪年间已设有街市，如今雀仔园街市的回字形结构设计，可谓现代主义与实用主义的完美结合，没有多余的雕饰，没有电梯也没有其他楼层，但楼底较高、自然通风、采光充足、动线清晰、出入方便，是理想的街市模样。可惜街市内十室九空，不少是独市生意，来货选择甚少，食材售价位居全澳之首。长辈们一听到我是雀仔园街市的常客，纷纷摇头，怪我不懂节俭持家。谁叫澳门街市的分布那么不平均呢？雀仔园街市的井然简洁是很难让人厌恶的。

在澳门的旧区晃荡，是一场有趣的探险，连我这个澳门人也深深被旧区的生命力和魅力所吸引。好吃的老店小店小摊自然是说不尽了，就是补衣服、卖金银衣纸、卖糕点豆浆的，都饶有趣味。麻雀俱小，五脏俱全，正是雀仔园的最好写照，像一出百看不厌的动人大戏。

2016 年 3 月 15 日

远　眺

变

美国总统大选那天，草木皆兵，路上尽是讨论会的海报，寒暄之间，总会提及黑实壮健的奥巴马（Obama）。楼道回响着 CNN 的新闻直播，连以选举为名的餐厅特餐都成了是日花絮。当我推开多伦多大学国际研究中心大门的时候，冷不防和一名穿蓝戴红的“山姆大叔”（Uncle Sam）迎面相撞。

奥巴马当选一刻，半个多伦多都沸腾起来，年轻人三五成群，叫嚣狂欢良久，一街尽是他的人像和摇曳的美国国旗，把金黄的枫叶都比了下去。加拿大和美国千丝万缕的暧昧关系，由此可见。奥巴马作为首位美国黑人总统，当然具有划时代意义，但更重要的是他年轻活力的形象，让人看到阴霾散尽的可能。最近他在筹组新的经济班底时便保证，新政府将在上任后至 2011 年前，为全美人民增加二千五百万个就业机会，主要集中在建筑、教育、清洁能源和节能技术开发等领域，为渐趋疲弱的美国经济打强心针。

澳门特区政府也曾像奥巴马般振臂一呼誓言要解决就业问题，自赌权开放后，公共和赌场建设形成的外劳潮，的确让澳门风光一时。但金融海啸以来，经济泡沫一触即破，澳门赌场的裁员潮于本月正式开始，随之而来的还有减薪潮。听说首当其冲的是香港和内地劳工，但本地工人也陆续遭殃。

政府当初借着博彩业创造了庞大的就业机会，但问题是，如何衡量其中的机会成本？新兴产业是否成功萌芽和可持续发展？政府和市场有否为研究生或大专学生提供就业保障？大量高中生面对这百年一遇的“机会”毅然辍学投身赌业，一般中小企的薪酬差距也逼使许多大学生到赌场工作。近年全球社会对大学毕业生已够凉薄，接受媒体采访的应届毕业生坦言，只能把工资和待遇要求降得更低。

澳门一向是“国际政治冷感带”，但电视上奥巴马目光如炬地传递的“改变”讯息，也打动了许多非美国人的心。澳门的就业率已相当可观，商业类型却需要结构性改变，方可创造更多有利社会长远发展的就业选择和机会。

“知否世事常变，变幻原是永恒。”许多旅客慨叹，澳门早已今非昔比，白云苍狗，回不去了。现在的澳门，要是和我出生那年没有改变，这样的家才是真正让人回不去吧。

2008 年 11 月 23 日

上帝的骰子

爱看科普读物，因此偶尔留意科学界的花边新闻，霍金（Stephen Hawking）病重的消息传出后，他的官网因超负荷而暂时关闭。

霍金的《时间简史》和宇宙观不只轰动物理学界，对一般科普读者也有着深远影响。即使内容深奥，仍全球畅销一千万册，被喻为“难读的畅销书”(Unread Bestseller)。除了奇点理论、“宇宙无边界假设”(No Boundary Proposal）和“黑洞非很黑”(Black Hole ain't so black）的论调广为人知外，霍金曾发表《上帝掷骰吗？》一文，深入浅出地谈论“未来”。爱恩斯坦（爱因斯坦）曾断言“上帝不掷骰”，霍金却说“上帝不但掷骰……有时还掷在不能看见的地方”。

霍金喜欢“打赌”。 穷一生精力研究黑洞的霍金，曾担心黑洞可能只是理论上的概念，而现实中根本不存在。他为免到时自己变得一无所有，于是在1975年，与另一名物理学家索恩（Kip Thorne）开赌，霍金抱着“对冲”的心态，押注天鹅座X-1不是黑洞，黑洞并不存在。如果霍金赢了，索恩要向他赠送专门踢爆英国皇室丑闻的 *Private Eye* 杂志的四年订阅；反之，如果霍金输了，索恩将得到色情杂志 *Penthouse* 的一年赠阅。1991年，霍金又与物理学家裴士基(John Preskill）赌“裸奇点”(naked singularities）不存在；其后又开赌“讯息在黑洞中将消失”，结果向对手赔上一整套《棒球百科全书》。

莫说科学宇宙事不关己，只能留给专家烦恼。在后冷战时代，“长江一号”、朝鲜卫星的升空，让西方大为紧张，固有的科学观念的改变，往往是对世界观的重组。当年冥王星被科学家逐出太阳系，多少教科书从此改写，我当下想到的却是风靡90年代的日本动漫《美少女战士》往后该如何自处。以月野兔（Sailor Moon）为中心，加上陆续出场并为保护地球英勇战死的八大行星代表，成就的不只是少女情怀的初启，还灌输了一个轰轰烈烈又哲理严谨的宇宙观。其中的冥王雪奈（Sailor Pluto）是个孤独的时间守护神，也是漫画中最神秘迷人的角色。如今该怎么告诉新一代的小孩，科学家已投票决定冥王星从今以后不再是太阳系的一员？皆因它太孤僻？

霍金在《时间简史》中说道：“当我们1975年打赌时，我们80%肯定天鹅座X-1是黑洞，现在我会说有95%肯定，但这场赌局仍未有结果。”这让我想起伯格曼的电影《第七封印》里，接连与死神下棋、以赢得续命机会的骑士。霍金与病魔奋战的经历和他的学术贡献一样传奇，英国上下一个月来为这个“活国宝”忧心不已。幸好最新报道指霍金的病况好转，世界局势不稳的四月也终于迎来了久违的春天。

霍金有多长寿，黑洞存不存在，有些人根本不在意。宇宙之大，澳门人唯一在乎的，是金融海啸下澳门政府库房依然因强劲赌收而“水浸”，特首新一轮的施政报告决定继续派钱。有人瞬间大富大贵，有人转眼一贫如洗，霍金的理论有多准确，凡人如我无从得知；但各大小赌场每分钟都有数以千计的骰子起起落落，说不定有一颗是上帝的。

2009年4月29日

地震一刻

“汶川大地震”一刻，我和朋友安坐在秀水街对面的韩国豆腐料理店。聊得太入神、太专注于抱怨这间店的一切远不及望京老店的水平，只看到眼前一列排开三窝沸腾的汤，没在意落地玻璃窗外，双子大厦滔滔不绝涌出谈笑风生的上班族，还以为是消防演习或失火之类的小事。即使飞回北京前几天就有上海公交车被焚，抵京当日，城铁的部分路线也下了禁携液体的指令，但京城老百姓凡事处之泰然，只希望眼前的紊乱和恐怖袭击没有半点关系。

我们从奔跑出去围观，又急着脚回来并一脸兴高采烈的服务员口中听到了地震的消息，下一秒全屋子人若无其事继续吃烤肉和豆腐汤。我还是像往常一样爱吃萝卜泡菜，谁不知国家的另一头死人塌楼。后来我们把这顿夹杂天灾人祸的午饭一直吃到下午三点多，信步经过一众站满行人道、抽着烟高谈阔论的白领身旁，到对面的秀水街打算血拚一些于生活无用的山寨货。

结果我们甚么也没买，只一路跟语言天分极好的年轻导购和北京大妈拌嘴，让他们继续误认我们为日本人或韩国人。晚上我们还去了五道口那搬了家的“雕刻时光”，吃了我爱吃的蛋汁培根面，假装自己拥有小资的生活。

那时候互联网还不发达，消息流通很慢。数日后回到学校，一片愁云惨雾，也有相当一部分不幸的学生一下子家破人亡，教务处都是哭肿了眼的工作人员。学生在网上声援，沿三角地募捐，在未名湖办烛光悼念会，南门那边有很长的人龙等待捐血……国家和民族一下子离得不那么远了。我们于是不敢再大声疾呼自己是“无根的一代”，突如其来的天灾，在拷问所有青年敢不敢当“奉献的一群”。

内地和港台艺人马拉松式义演了一整天，除了零碎的钱，我对灾难没有任何贡献。地震一刻，我在喝三人分量的热汤，而我大部分的北京友人都在睡午觉，醒着的人，则以为是自己昨天打游戏太晚睡头昏脑涨。我生平第一次感觉自己微小的幸福，对不幸者而言已是一种奢侈与罪孽。

2008 年 6 月 3 日

敏感

早前收到澳门和内地相关政府部门的呼吁，学生应注意个人卫生及上报流感症状。有回国的同学马上严格进行自我隔离以防万一，也有提倡推迟返程或继续留外，皆因国内的“猪流感”病例大多由美加返国的学生传入。

人多之处容易交叉感染，学校更是流行病菌的温床。高中时，曾有同班同学不慎感染肺结核，卫生局便急急赶来，强行为一整班学生打预防疫苗和照肺片，以免病例进一步增加。

澳门常以“莲花宝地”自居。二战时，澳门因为葡萄牙宣布中立而免于战火，得以充当抗日人士的后援补给之地，“非典”时期又只有一宗外地传入病例。但幸福怎会是必然的呢？

犹记“非典”时期，正值高中毕业试和大学联考，数以百计的学生在闷热的考场戴着有碍呼吸的口罩，既要应对老师出的难题，又要提防无形的病毒传染，真是心理生理的双重考验。在“非典”阴影的笼罩下，毕业旅行和传统的“谢师宴”被迫取消，有人怪校方紧张兮兮，破坏了高中的最后期待，但我由此多了时间闭关阅读，不用勉强合群，也是因祸得福。

北美媒体普遍使用“紧张兮兮”、“反应过度”等字眼，形容内地和香港对待“猪流感”的态度。游走在美加的东岸城市，那里的人根本不把“猪流感”当一回事。勤洗手的人多了，戴口罩却还是被看成小题大做。上月“猪流感”爆发后，香港和内地相继对怀疑感染者进行强制隔离，一度又牵扯到中国的人权问题。“东西方的差别，是对群众与个体的各有侧重”，这样的说法不过老生常谈又带偏颇，然而在疾病全球化的世代，自私和自由不过一线之差。

对医疗和传染病控制反应敏感的城市，总比没有危机意识的城市让人安心。澳门地小人多，若爆发高感染率的疫症，后果不堪设想，但政府严阵以待了，公民教育却没跟上，随地吐痰、打喷嚏不掩口鼻、生病不戴口罩的人多的是，这个“莲花宝地”怎可能永远百毒不侵呢？

2009 年 6 月 11 日

济世的光环

去年台风来袭，浸坏了澳门半数的车辆；今年有台风引发土石流，灭了台湾一整条村。

老一辈口中的澳门，人情味浓，街坊见义勇为，一起艰难度日。澳门的捐助文化却颇为怪异，一方面有雄厚的政府基金资助社团的传统，社团透过这些补贴去为会员创造福利，反过来又壮大了势力；没有媒体形成立竿见影的舆论压力，捐款去向也不甚清晰透明；不似香港热衷于举办电视直播的慈善晚会，澳门能让上流社会和普罗大众同时参与的筹款活动并不多，除了一年一度的百万行和沿门劝捐，大部分企业名绅的社会公益行动也不过意思意思。汶川地震，澳门政府出手不凡，捐资一亿澳门元，对台湾的“八·八风灾”却不过拨款一千万；民间晚了近两星期，也终于开始行动。

作为远东首个天主教教区，澳门一直不缺由教会推动的慈善事业。早于1569年，澳门已开办社会慈善组织“仁慈堂”，据官方网站上的介绍，仁慈堂“不仅为社会基层提供医疗和社会救济，更参与金融等领域的活动，包括：协助向未受监管之经济活动征税；扮演银行的角色，发放信贷；推动博彩业的发展等。澳门历史上许多重大事件，或多或少也都曾有仁慈堂的参与和见证”。征税、信贷、推动博彩业，可见澳门早期、由葡人主导的慈善机构多少兼有城市管治的功能，时至今日，仁慈堂依然是澳门最大型的慈善机构，镜湖医院慈善会、澳门明爱和《澳门日报》读者公益基金会则更贴近华人社会，与之分庭抗礼。

小学念教会学校，每到“四旬期”班主任便向我们募捐，上课前例必互传一个小纸盒。出身富裕的，把一大把百元钞票慢吞吞塞下去，还要抱怨纸盒又重又小；捐献二十元、十元的神态还算自若，放硬币的，就怕那硬币声丢人脸；连硬币都拿不出手的，迅速把纸盒递给下一位，红着脸急忙补充一句：“噢，我忘记问母亲拿钱了。”小孩真是社会的缩影。

本地报纸不时有人撰文夸赞特区回归十年来的政绩——说“现金分享计划”让“澳门人”骄傲，为每个持有“澳门身份证”的人增添了光环。这种“想象的共同体”（Imagined communities）或“多重身份下的身份认同”，不是安德森（Benedict Anderson）所说的由报纸、小说等印刷品塑造，而是靠几张纸钞来完事。换言之，所谓的“光环”，其实是用钱烧出来的。

台湾人出名“爱拚”，筹款晚会都在打电话、报险情，民间慈善团体的救灾行动力更是为人称道。当香港人为“利字当头”的“香港精神”而自豪时，他们的筹款能力和捐款文化也值得澳门人学习。集腋成裘是需要社会推力的，不管是艺人、名人、政界、商家以提升形象为出发点的捐款，还是电视跑马灯一闪即过的“陈宅300元”、“李宅500元”，抑或报纸的鸣谢捐助广告中常见的“无名氏”、“有心人”，都是燃亮自己，照耀别人的美事。想要澳门人真正为“现金分享计划”自豪的话，倒不如成立慈善基金，以澳门人的名义，对全球有需要的地方做出人道援助，让城市不只金光四射，而是真正有济世的光环。

2009年8月20日

人心的重建

内地每逢天灾，港澳同胞向来踊跃捐输，银行开辟捐款专道，由大商贾的几百万至小市民的一百几十元，众志成城，都是最能表现血浓于水的同胞爱的时刻。

曾经，“有钱出钱，有力出力”是天经地义之事，作曲者作曲，艺人义演，商家义卖，连身无分文的小学生，也有祷告的任务。这次“雅安地震”，竟然出现“大陆人不缺钱，缺的是有效的监督机制”“不捐钱，捐了到头来也只是肥了那些贪官”“不要盲目捐钱”的话语，而且慢慢盖过耳熟能详的“为同胞出钱出力”的口号，那是随着内地与港矛盾而起的戒心，对内地慈善团体工作的不信任，以及香港人对汶川地震后重建工作的失望和不满。

一时三刻的慈悲心人皆有之，长久的重建工作却往往被忽视，尤其是人心的重建。曾经有当社工的朋友，在汶川大地震数月后请假去了灾区，和其他香港社工一同为受灾儿童做心理辅导，有澳门的艺术机构捐了一些简单的美术劳作材料让她带去。她回来后，轻描淡写了灾区的善后情况，以及心理治疗的举步维艰——有失去双腿的孩子，因为得到一朵绒布花破涕为笑，有父母双亡的孤儿自地震以来不肯说话，借由反复的美劳创作，才慢慢愿意开口说一两个单词……朋友语调轻盈，叙事积极正面，却还是让人难过不已。

在救人如救火的关节眼上，除非是可直接深入灾区的专业救援人员，提供物资和金钱恐怕还是最直接有效的了。诗可以群，可以怨，但诗歌的无力和无用，在这种救命关头越加明显。但这不代表作家或诗人面对灾难只能呻吟叹息——“缺的是有效的监督机制”，此言不假，就让传媒和作家用文字监督着硬件的重建，帮助人心的重建。

2013 年 4 月 26 日

鸡蛋、高墙与世界杯

我非球迷，不会为世界杯废寝忘餐。我的上班时间依旧，电邮电话如常运作，该出现的聚会还是按时赴约。

南非世界杯开幕战那天，澳门人比香港人幸运，没有商业竞争，反而有免费赛事直播，但我选择在家看电视上播放的荷里活电影《虎胆龙威 4》（Die Hard 4）。看布鲁斯·威利（Bruce Willis）正邪不两立地打至翻天覆地，心想南非球赛上的两队应该踢得比较斯文。后来看到一半电话响起，我问电话另一端的北京友人："比赛完了？""是啊。""一比一？""你看比赛了？""不，听听隔壁那些男生的叫声就知道啦。"

世界杯总会毫不留情地丢给我们一些选择题——去现场观战还是留在舒服的家？熬夜看直播或是看周末的回放？该陪女友还是陪波友？陪长辈看电视剧还是坚持转到体育台？纯看球或是也下注赌一把？然后最关键的问题是，你选择捧哪一队？

奥运宣扬"更快、更高、更强"的精神，也因而躲不过"强国梦"的复杂心结。村上春树领取耶路撒冷文学奖时，做出了著名的呼吁："在鸡蛋与高墙之间，作家应该永远站在鸡蛋那一边。"梁文道则调侃说，球迷总是站在高墙那一面，而百分之八十的非专业球迷都会自动等着看鸡蛋被撞个稀烂。说穿了其实就是世界杯的羊群心理，而赌博合法化更助长了这种风气，部分媒体或不负责任的球评人乐此不倦地用语言暴力煽风点火。当然，世界杯不只有"鸡蛋与高墙"的二项选择，能进世界杯的都不是善男信女，还有比强强对决更牵动人心的事情么？

世界杯又丢给经历殖民统治的我们一个难题：假设中国队在下届世界杯和葡萄牙队碰头，澳门人会挺哪一队？追捧哪一队其实不重要，最怕“不爱国足等同不爱国”这欲加之罪，许多女性朋友就纯粹因为C朗拿度（C罗）长得帅气而支持葡萄牙队，难道她们就一定是后殖民情结作祟？

“我是中立的，有进球就好。”每次开场前北京的朋友都这样说。求的不是鸡蛋也不是高墙，只望有一场全力以赴、斗智斗力、堂堂正正的比赛。

2010年6月22日

出省城

香港的清末民初剧，很喜欢拍广州的故事。那时去广州，叫“出省城”。父亲说，小时候也试过跟随我的祖父母出省城，赶市集卖点自家农作物，回程路上父亲和他们失散了，一个小豆丁在人来人往的大城市想必很彷徨无助。幸好祖父母不放弃，找到日落黄昏，大家最终齐齐整整平平安安回家。

我很怕去省城。虽然是粤语区，文化也相近，但对龙蛇混集的广州没半点感情，大抵是那里没有半个亲朋好友，认识不够深，八字也不合。每次去羊城，不是下暴雨被骗钱就是鞋子烂掉洋相百出，加上从小被长辈告诫说那里有很多“拐子佬”、骗子、小偷，心里对它永存三分警惕。以前因为念大学、出差、转机，一年要到白云机场或广州火车站好几次，那冲锋陷阵的两三小时车程，让我不由得心中怨恨澳门机场航线之少及机票价格之高，害我在路上浪费多少宝贵光阴。

日前和几位澳门的独立创作人及媒体人，出席每年一度的“广州书墟”，同行的朋友对小孩耳语：“儿子，我们出省城了！”才想到“北上广”三大城市当中，于我最疏远最陌生的正是省城广州。我们千山万水大包小包带去省城贩卖的，不是农作物，而是澳门的另类土特产——澳门的独立出版物。

人在广州，我的内置自动导航系统完全失灵，全靠朋友指点迷津。在街头巷尾吃布拉肠、牛腩面，顿觉内地物价之高涨；新颖的商场、书店、咖啡店、个性小店林立；到步行街走一趟，商店人来人往，足见经济之畅旺；去看人家的古迹活化、创意产业，也不得不佩服他们的眼界和头脑，羡慕广州的文化和商业发展，有当之无愧的省会气势和规模。

每次去广州这样的内地一线城市，都能明显看到中国的快速变化，无论在经济发展、生活素质、国际视野、文化创意方面，都让人既惊且喜，又带隐忧。如果“老广”可以笑“港灿”已经不入流了，穿衣品味或搞一场文化活动都不及内地有活力够体面，那么澳门这个文化的“过气老倌”和依赖横财的“暴发户”，在华人地区的角色又是甚么？香港尚且不能保持八九十年代的英式优雅或草根港味，澳门还能一直吃“四百年中西文化和谐共处”的老本吗？

2012 年 12 月 4 日

正宗广味

双子座可以好动如脱缰野马，也能宅得不可理喻。碰上长假，跑到天涯海角旅游都不嫌累，平日却连一关之隔的珠海拱北也懒得去。

每次到了活力四射的广州，我都只想宅在酒店，要不就是行色匆匆，赶火车赶飞机赶考场赶开会赶活动。这次坐广珠城轨到广州做讲座，过往两三小时的车程压缩至一小时，讲座主办方也贴心地预先在网上预订了往返车票，但自助电子票务机无法识别港澳回乡证，我只好提前到炎热拥挤的购票厅，花一个小时和又慢又长的购票人龙一起排队取票。混乱、低效和不近人情，加上群众不断的埋怨、争吵和叫嚷，我和所有乘客一样挥汗如雨，眼白白看着预订好的高铁列车准时开走。还未登上有强劲空调的“和谐号”，心就凉了一半。

从进入拱北口岸开始，语言频道开始在广东话普通话间换转。高铁上，广东话普通话可谓平分秋色，广播先粤后普，邻座往往是顺德或石岐的乡音。到了广州南站，工作人员接我离开停车场时，司机突然严肃地告诫收费亭的服务员：“请你在这里讲粤语！”然后又回过头跟我们说：“普通话的‘四块’、‘十块’常常听不清楚啦，用粤语就没有这个困扰。”

近年“撑粤语”的运动从网上转至街头，省港澳更有串联之势，只是没想到这趟广州之行，发现广州人对粤语有近乎卫道者的坚持，较港澳尤甚。在外国不知道来者何人，即使是华人面孔，也先用英文试探，对方转频道我再跟着转；在内地则是无论如何先讲普通话，但广州人往往会主动说：“不如大家讲白话？”

身为广东人是一种福分，能享受粤语九声的铿锵，学习古代汉语更有优势；看荷里活电影时，不用看字幕都能听懂里面的中国话（以往通常是粤语），到北美的唐人街也比较占便宜（广东及港澳移民居多）。广东话虽然没有卷舌音和舌齿音，但普通话只有四个声调，讲普通话或国语的人在谈话中经常问对方：“指的哪几个字？”不同字的发音重复率太高了，非常依赖上下文，粤语相对较少出现这种问题。

澳门人经常取笑广州人讲话字正腔圆得像参加朗诵比赛，好端端的“冷气机”、“电单车”，换成广式粤语的“空调”、“摩托车”就很土很肉麻，却不知道自己也是一口懒音、咬字不清。风水轮流转，现在每次去广州，倒是像参加粤语口语考试，咬字是否端正，发音标不标准，字词是否正宗广味，听众都用敏感的耳朵雪亮的眼睛检视你。

2014年8月30日

授课与太空

每次坐巴士过友谊大桥，澳门科学馆总是焦点所在。科学馆由著名建筑师贝聿铭设计，银色流线形铝钢板加上切去圆顶的玻璃幕墙设计，在金光闪闪的赌场区显得分外瞩目，也让人无限联想。“切下的圆顶”其实是球幕影院天文馆，据说被健力士（吉尼斯）世界纪录大全列为全球最高解像度的立体天文馆，在那里看过一套关于宇宙陨石的3D电影，影片开首和结尾都有一列蒸汽火车仿佛冲出屏幕迎面撞来，3D视觉效果比一般戏院的更为逼真，但见全场大人小孩都伸手去摸，让人想起1895年法国卢米埃尔兄弟在咖啡厅放映短片《火车进站》时，观众也是被活生生的影像吓得惊慌四散。

澳门科学馆展厅中央，放置了一座巨大的火箭模型，“神舟十号”升空及女航天员的“太空授课”，更是引起新一轮科普热潮。这次带有宣示国威性质的“太空授课”，澳门的电视台也有转播，有些学校还组织学生观看。我从小就是数学白痴，物理化学课都是云里雾里，那时候澳门经济疲弱，产业结构单一，父母都希望子女读文商组，方便日后出来找份文员会计写字楼工作，我也因祸得福，少了“蠢蛋才念文科”“读理科更有用”的社会压力。

我念中学的年代，澳门的理科师资其实不差，不少是北大清华的退休老师，经历过“文革”和上山下乡，当中有些被我们作弄得流着泪拂袖而去，也有低声下气自我批判：“我跟校长说了，我也认真检讨了，那么多人测验不合格是我的错，我错在对澳门的本土教育情况认识不够深，错在没有准确评估学生的学习水平，错在太自以为是太不主动辅助同学出太难的题目太伤同学们的心……”我永远忘不了物理老师如何在讲坛上做“文革”式的“忏悔”，更忘不了他变戏法似的把鸡蛋放进窄小的玻璃瓶口，那么多道具那么多备课，为的不过是吸引我们这堆顽石多学一点物理知识。

我喜欢逛科学馆，但澳门科学馆我是敬而远之的，那里完全成了小孩子“放电”的游乐场，吵闹、混乱，到处都是横冲直撞的顽童。曾经有人约在那里做访问，实在是吵得一个字都听不清楚，只好马上转移阵地去咖啡店。考虑要不要生小孩之前，奉劝各位先到科学馆做一次耐性测试。

香港近年积极提倡科技创新，致力培养理工科人才；澳门赌税充沛，教育资源充足，学校组织学生参加奥林匹克数学竞赛和机械人设计比赛都有不俗的成绩，加上有科学馆和科学基金的加持，读理科的人似乎也变多了，可惜本地仍十分缺乏可供理科人才发挥的空间。在澳门从事科普的梦想，若比登月更为困难，那么就放眼地球，到别处发光发亮吧。

2013 年 6 月 28 日

玉渊潭记

北国又下起恼人的雨来了。气温一下子降了十度，湿润的雨水混着泥尘味，直教人想起初春白絮飘京城的好。

看腻了一整个冬天光秃秃的银杏树和柳树，才会用心留意突然造访的花枝招展；在北方住久了，自然明白到春天“游园踏青”的必要。北国初春的沙尘暴是横蛮的，加上来去无定的雨，使我总担心玉渊潭里樱花的吹损。

死心不息地等待着晴空万里的一天，也顺道迎来了晚樱盛开的消息。我和朋友在一个风和日丽的下午，顾不得课业，带着相机就迫不及待往玉渊潭奔去。

玉渊潭其实不远，就在公主坟一带；玉渊潭也不大，南门外头便是中华世纪坛，文艺复兴的油画刚退场，那里便换上庞贝末日的新展览。赏樱已够凄美，谁愿意紧接着去看毁灭和灾难呢？

刚进园，但见青肤樱、江户彼岸、杭州早樱等都落花了，只剩得一树嫩叶，很是失望。幸而沿东湖往西湖走着走着，到了真正的赏樱区，便见关山、松月、一叶、太白、染井吉野等开得正浓正艳。山樱和大山樱夹道四飘，微风陪着花香，似有精灵围绕。北京人虽然不似日本人那样爱在樱花时节办野餐聚会，但三三两两卧着坐着聊着的也不少，走马看花的当然是最多了。这些樱花的芽苗大多是在1973年开始陆续从日本移植过来，最老的也只有二十多年树龄，还不能成林成荫，只有疏疏落落的美。偏偏游人极多，摩肩擦踵地争着和樱花拍照，实在没有多余的空位让人舒服地躺在草地上，感受樱花拂面而降。

樱花之美像神物，慕名来玉渊潭的赏花客日以万计，作为中日友谊的展示场，玉渊潭固然有很多糅杂的文化符号。羊肉串混着扑鼻的孜然味，冰糖葫芦冰糖水果插满一架子，广播器播着新编国乐，虽有日本装饰点缀，毕竟还是很中国味儿。游园当日但见扶枝拍照者众，可幸未见胆大妄为的折枝者。幸甚，幸甚。谁料数日后友人告知曰："樱落无数，又欠微暖东风，人皆摇树，以自制幻境。"便是天下间最煞风景的事情了。

看樱花应配精致点心，这是定律。精美的日式茶点在北京固然难找，索性把心一横，坐城铁绕到雍和宫附近吃中式点心。在那种古色古香的大楼里吃点心的机会，在澳门是没有了，可惜北京的点心，动不动就被"御膳"之名绑架，亦不过金玉其外而已。周作人说过："我们于日用必需的东西以外，必须还有一点无用的游戏与享乐，生活才觉得有意思。我们看夕阳，看秋河，看花，听雨，闻香，喝不求解渴的酒，吃不求饱的点心，都是生活上必要的——虽然是无用的装点，而且是越精炼越好。"可他这番话是1924年2月说的。现在的中国生活，早已不是几十年前那种极端的干枯粗鄙了，小吃、点心却没有进步，餐厅的菜肴即使精致、讲究、华美、用料昂贵，味道却往往无法让人留下任何印象。

北京有什刹海、后海、北海等各式各样的"湖"，然而北京并没有海。困在北京太久，遇上假期便到大江南北散心，像青岛或秦皇岛这样的地方，不论是灰海蓝海，看到海总是让人兴奋；就像北京的降雪，何时何地都能讨人欢喜。观沧海和赏雪，毕竟是看老天爷脸色的偶尔为之，平日看看花草树木和群山，以及香山红叶、北海荷花、植物园桃花……北国一年四季真有太多好看的东西。

除了从前上学穿越青洲大马路，看看那一地跌得艳红的木棉；秋季到黑沙海滩野餐，玩乐过大大小小装饰般的松果；以及盛夏经过议事亭前地，为那几朵馨香的荷花稍稍心动以外，对澳门的大自然说不上甚么爱慕。我过去常以为，风花雪月是文人玩意儿；后来才发现，对自然界的鉴赏能力是和心境分不开的。中学老师总叫我们闭目打坐，静听冥想，便会听到分秒行走之声，风声，蝉声，凡人杂事声，全皆动听。我们那时只觉得她是神经病。然后我们告别校园，长大，进入社会，用一辈子的力气，还是没有学懂聆听。

澳门当然也有花草，有人情，有美景湖光山色，但入眼的往往只是人工盆景和易逝的花束，这样看花是不轻松的。出淤泥而不染的荷花毕竟寓意太多，欧陆风情的碎石地也曾经是灾难的见证（有几个路人会想起遥远的里斯本大地震么？）。每次回澳，总觉得澳门真的在变，她的形状，她的颜色，她的声音和光影，感觉越来越像活在一个乐园——从唐朝古城到巴比伦再到古埃及，过一条大桥便到威尼斯和古希腊，几分钟便环游全世界，比起贾樟柯《世界》中的游园列车更为便捷。当然也有人真的认为这就是乐园，这就是全世界，这就是银河系最安稳的温室和最漂亮的花圃。

玉渊潭没有四季常开的花，短暂的美最教人窒息，如樱花，如熔岩。看着澳门的家对面那座疙瘩般的假火山每天火花四溅，灰暗混着残红，就好像真的穿越到了庞贝。

2007 年 12 月

玩　物

绵羊与哈利

人生总会有一些无解的谜团，譬如：在高速公路众多的美国，为车辆换上马力强大、增加速度感的引擎尚算情有可原；但在车多路窄、住宅密布的澳门，把车子改装成轰隆隆地响是甚么样的人生追求？

帅气和引人注目。青春的永恒旋律。中年危机的特效药。

相对于改装跑车，澳门人似乎更愿意花心思打理他们的“小绵羊”。俗称“绵羊仔”的轻型电单车（摩托车），是澳门人的主要交通工具，澳门多斜坡，轻型电单车便于穿梭窄巷，在停车困难的澳门较易找到车位，可算是最方便的出行工具。但为轻型电单车加装强劲马达和巨型排气管（粤语俗称“死气喉”），看起来不过像只消化不良的“小绵羊”在不断放响屁。

电单车向来是“人包铁”，危险度明显高于“铁包人”的房车。以往澳门人只要满十六岁就可以考电单车驾照，许多高中生死活要买一辆，每到放学就是各式“绵羊”出闸奔腾之时。风风火火赶回家做作业是借口，为的是在放学的人群中展露英姿，那时母校所在的青洲大马路，尽头正是九十度大弯角，失控滑倒翻车的惨烈情景，每隔三数天就在校门前上演。

分贝过高的“绵羊仔”若是青春期的代表形象，驾驶“哈利”（哈雷）（Harley-Davidson）电单车便算是成人礼了吧。北美流行的“哈利”，其银黑金属和皮革流苏造型，是成熟、粗犷、强壮和技术的隐喻，三五成群或夫妻二人同驾“哈利”

所带来的视听震撼，对同道中人有如呼朋引伴的暗号，一般路人看着，只觉心惊心烦。

澳门轻型电单车之多之密，绝不比台北、河内等“电单车大都”逊色，但澳门的“哈利”迷不多。在外国，“哈利”往往是某种高级的成人“玩具”，并非通勤的理想之选，它的昂贵价格不是澳门青年所能承受的范围，加上其粗犷美学，和澳门人喜爱的简洁、小巧、实用的日系造型完全相反，“哈利”在澳门的不流行是正常事。

电单车是澳门人的重要代步工具，政府每次推出针对电单车的新法例，势必触动整座城市的神经，例如澳葡时代的一车三人，到将近回归时的一车二人；交通警察对后座乘客不戴头盔的视若无睹，到严格抓拿罚款；还有近年因新道路交通安全法所引起的电单车慢驶游行……一小撮周末出动的哈利雅痞是小众娱乐，成千上万无时无刻乱窜的小绵羊却是群众力量。

猛于虎的苛政，民众也许要一时三刻才反应过来，但“马路如虎口”却是直截了当的教训。身体发肤，受之父母，违法改装和鲁莽驾驶的小绵羊车主，能否不要天天送羊入虎口？

2009 年 5 月 27 日

代步的艺术

洛杉矶街头，经常有酷炫的滑板少年在人行道上左穿右插，三两步一溜烟就滑得老远。洛杉矶是汽车大城，玩滑板却非常普遍，若周末到威尼斯海滩，不难发现洛城的大人小孩都很沉迷滑板运动，头盔护膝全副武装，有些还带着教练，在市政府建的大型滑板场练习切磋。低阶中阶高阶练习场旁边，总是围着一群看热闹的游客，洛城人早已见怪不怪。

在澳门，滑板还是小众玩意儿，练习场地相当匮乏。地形崎岖，碎石路多，人口稠密街道狭窄，走在路上经常被人踩到鞋跟，用滑板代步者万中无一，有些葡文中学或国际学校的外籍生偶尔在街上作势滑几下，马上引来众人的怒瞪怨骂（当然也和技术低劣有关）。与涂鸦、饶舌同样被视为“坏孩子”专属的次文化，滑板运动在澳门更多被当成装模作样——脚踏名牌滑板鞋、头戴新潮滑板帽，有钱的，加上高级订制滑板，但只是拍照耍帅用的装饰品；就像许多穿着限量版篮球鞋满街跑的澳门人，十年都没有摸过篮球一样。

流行于上世纪90年代的滑板车，本是德国上班族的代步工具，传入港澳和内地以后，迅速变成青少年的高档玩具。近年滑板车落伍了，妈妈们舍不得丢掉孩子的旧玩具，竟用来遛狗，聪明的狗儿也真滑得像少年般自如。

说起代步工具的玩具化，我最不能理解那些藏着滑轮的运动鞋。用力踏一下，轮子哇啦一声弹出来，往前滑几步，再踏一下便收回去，好像比别人多了一对翼似的。容易失平衡、外形又蠢、整个人的上半身被迫后倾，偏偏小屁孩最爱穿。

代步工具的演变史，多少隐喻了我的童年。六岁时，别的女生都在抱芭比娃娃玩半天，父亲就给我买了粗犷非常的四轮旱地溜冰鞋。技艺和脑子都不好，我竟想到在大厦顶层的走廊练习，有失控从高处坠下的危险还是小事，单单是轮子摩擦地面的刺耳声响，就把邻居吓坏了。

过了没多久，直排的旱地溜冰鞋上场，我没有钱换一双，澳门也没有甚么空旷人少的地方可以练习，觉得落伍丢脸就不玩了。后来到了北京念大学，校园宽广，半夜和朋友穿着直排旱地溜冰鞋溜去买烤串，所谓“走路有风”也不过如此。天安门公安常用的代步工具——两轮电动车“智能单警”再帅气，也比不上近年流行的电动单轮车拉风。旱地溜冰鞋是小巫见大巫了。

在澳门，最好的代步工具，其实是多认识几个朋友。在车站等车、过马路碰见熟人开车经过的几率，比在街上看到滑板车要高很多。在人情紧密的小城，代步的艺术，其实是交友的艺术。

2015 年 5 月 13 日

有关商品的季节性，或季节的商品性

夏天来了，补水、控油、防晒成为要务。连平日对脸部保养不甚讲究者，在炙人的烈日和讨厌的油光刺激下，也变得勤快些。

现代化都市中，商场、楼宇、办公室的落地玻璃密封式设计，以及由冷气、空气清新机取代自然流通空气的趋势，已教人辨不得春夏秋冬。旧历里的智慧猜不出全球暖化的步伐，没有秋叶冬雪的澳门，所谓乍暖还寒指的是从街上走到百货公司，从街边小摊到酒楼餐厅的室温差异。当我在澳门市中心琳琅满目、人山人海的大型连锁化妆品店逛来逛去，和自由行游客一样为各式打折商品而心动又选择困难之际，一看那当眼位置的七彩止汗剂、防晒霜、脱毛用品、控油产品、深层洁颜露、补水美白面膜、特效瘦身精华……便知道夏天不再始自第一声蝉鸣，而是源于推销员卖力的柔声软语，和各人或褒或贬的使用心得。

许多东方女性都属于混合、混合偏油或油性肌肤类型，可能是亚热带气候使然。我曾向某个加拿大白人男同学用心解释混合性肌肤的特殊性，以及护肤品的选择应如何随季节的变化而变化，那都是被港澳化妆品专柜小姐耳濡目染多年的经验之谈。朋友眉头一紧，缓缓笑说："都是扯淡。"

男生总是说得潇洒，取笑女人不珍惜上帝赐的那张脸，反而自找麻烦去另做一张。如果他的女朋友那样豪气不保养，十年后他还爱她么？

美容商品看似是贩卖奇迹的行业，实际上卖的不过是希望。护肤品的好坏、有效无效、会不会过敏，皆因人而异，难得遇上对的又要按季节而变、按气候而变、按地域而变、按年龄而变。厂商为了满足消费者源源不绝的希望并填补无穷无尽的失望，所谓功效更快更强的新系列也随着季节的转变登场。我最常做的坏事之一，就是在百货公司的美妆部被缠着时，细问产品的化学成分、比例及效力，以及其专利科技的临床数据，专柜小姐们总是一脸为难，含糊半天，或以商业秘密为由不了了之。信者得救，美容业和传道人在这一点上还有些相似。

早前伦敦二十国集团峰会上，法国总统萨科齐指港澳为“逃税天堂”，引来一番外交角力。澳门到底是“自由港”还是“逃税天堂”，留给经济学家和法律专家判断，但它绝对不是“购物天堂”，款式多样价廉物美是一回事，以客为先才是重中之重。在北美地区，新买的护肤品如果不适用，就算是用剩一个空瓶子也可以拿回店家退换；售货员也很主动赠送小样让客人回家试用几天，避免顾客皮肤严重过敏告上法庭之类的枝节。澳门的护肤品商家对于送小样这种事非常吝啬，退货或售后服务名不副实，标明“非卖品”的小样可以光明正大放在店里贩卖。

但和消费税高企的国家相比，澳门的免税环境还是有百样好。如果说北美的大雪和暖气让我怀念澳门炎热潮湿的气候，我其实更怀念澳门的免税政策，尤其在迫不得已要买季节性护肤品的时候，以至于售货员的冷淡无礼，都似乎可以被忍耐原谅了。

2009 年 6 月 30 日

超市迷

我不是家庭主妇，但可算是标准的超市迷。最近翻阅森井由佳的《超市迷》亚洲篇和欧洲篇，看得整天乐滋滋。

喜欢逛超市这个恶习，大概可溯源至我的大学时期。刚到北京还算节制，去一趟家乐福、Wal-Mart 等大型超市，恍若到省城办货般山长水远，加上校内食堂众多，懒骨头就很少去超市自我折腾。北大宿舍狭小、每晚断电又无法装雪柜，只好整天往两间小超市跑，买盒牛奶当早餐、下了课买点零嘴、健身后买杯果汁或酸奶、洗完澡吃杯绿茶雪糕。虽然货物种类十年如一日，但总能找到貌似合理的借口去小店蹉跎光阴。后来搬到五道口住，又整天往韩式杂货店钻；到了多伦多，学业繁重生活无聊，又刚好住在大型超市旁边，每逢周末就像那些深受重税之苦的多伦多人一样在超市大买特买，期待有一块九毛钱一盒的草莓或蓝莓安慰人生，顺道和收银员闲聊几句。

回到澳门，我的超市癖好像又正常了些，全因通勤路上没有太多引诱。澳门的超市不似香港那样竞争激烈，“过江龙”和本土的“地头虫”基本上河水不犯井水，“士多”这类卖粮油杂货的小店，则主力做街坊小生意。货品促销家家都有，但大割引还是大店的有吸引力。前阵子澳门唯一的百货公司办贵宾日，难得碰上日本食品大减价，朋友的男友左、右手连脚踢买满三个购物篮，可恨没有多余的手再拿一篮，百忙中却不忘给女友打电话汇报战况。超市的锱铢必较，完全激发了港澳人贪小便宜的基因。

我不喜欢大而无当的超市，在大型超市排队结账，算是最浪费人生的事情之一。独自逛超市，是舒解压力的淘宝游戏；两个人或一家人去逛，却是联络感情的好时机。周末陪父亲到超市买点生活用品、零食杂货，花一点点钱就能满载而归，又没有售货员像吊靴鬼一样跟来跟去，感觉比逛百货公司要踏实多了。买甚么划算，如何辨识营养标签，学会按家人喜恶和需要选货，怎样能快速高效地完成购物列表和采购任务，全都是生活的学问。最近香港有超市找来甘草男演员拍广告，娓娓道出如何在超市揣摩角色，算是悟到了超市作为集结寻常百姓的空间特质。

粤菜重鲜的烹调特色，让澳门的超市根本无法和传统市场的海鲜档和生肉档竞争，熟食档也不能帮助晚下班的家庭主妇回去交差。那些除夕夜在北京超市熟食部买团年饭，以及在多伦多买一只烤鸡可以吃一整个星期的苦日子，总算随着澳门超市没有像样的熟食部而告一段落，不然我这个“超市迷”便更泥足深陷了。

2010年6月19日

家有一宝

张爱玲在上海租界那袭爬满蚤子的旗袍，引得半个世纪以来的文艺青年遐想联翩；后殖民地的棉袄藏着的不只是丝绵，还有浓浓的中华情意结。

棉袄，粤语称棉衲，至今仍是澳门中小学生的过冬良伴，因为能穿入校内的御寒衣物，除了校褛就是棉袄，羽绒衣在摄氏十度以下方可登堂入室。宝蓝、深啡、墨黑是被默许的低调，男装绣着福寿，女装绣着菊花；正反两穿的黑金、亮黑桃红双绣棉袄，花中夹有金龙，同辈脸上掩不住的是艳羡，云盘扣扣不住的是浮华。国货公司卖的多是上海制棉袄，轻薄、保暖而触感顺滑，款式大同小异，但说来也奇怪，清汤挂面的女学生穿了棉袄，都似民初才女林徽因；在寒冬中瑟缩、状若佝偻的男学生穿了，总像《茶馆》里有几个臭钱的纨绔子弟。

当年我带着一件千挑万选的深啡棉袄上京求学，以为倚仗传统服装，就可以光明正大融入祖国，谁知穿了几天，全校居然见不到一个同道中人，越是传统越显得突兀。一个内地男同学指指我的棉袄："这是您奶奶缝的吗？" 澳门的朋辈却问："大学了，还穿？" 原来穿棉袄，对于内地同学是某种思乡和苦情；告别棉袄，澳门人却视为成人仪式。

趁着"尊孔"的热潮，近年内地常有年轻人提倡"复兴汉服"，甚至举办大型时装设计比赛，鼓吹"以汉服取代西式学士袍"。可惜大家都是喝日本动漫的奶汁长大，21 世纪的女装汉服参照体，常有意无意介乎于《街头霸王》的“春丽”与和服之间，总有一种玩世的Cosplay味。想当年在民族学的期末试，一张雪白的A3纸只印了“请分析‘复兴汉服’的文化现象”几个大字，便洋洋洒洒两小时写到掌心发热，墨汁干竭，结论的大意是：要走的，想留也留不住。

同样地，要留的，用得着的，总有倾巢而出的机会，棉袄的旺季便是春节那几天。龙年是唐装年，外国奢侈品牌纷纷推出中国风高级订制服、成衣、丝巾、手袋、珠宝首饰，准备讨好来自中国的米饭班主。我已许久不穿棉袄了，贵价中式洋装也买不起，拜年用的“战衣”，仍是十年前买下的金色小凤仙上装，每次总要鼓足勇气才敢把它从衣柜深处抽出来，长辈见了无不喜上眉梢，红包变厚也就全靠它了。古语云“家有三宝”，良田、丑妻、旧棉袄，财富是运，伴侣是命，倒是旧棉袄这宝物，无须求神拜佛，澳人家中总有一件。

2012年1月13日

活色生香的方寸之地

许久没有去逛那些鳞次栉比的商场，这几年习惯了赌场的大型购物中心的水平动线和超高楼底，进入旧式商场更似回到一场旧梦，那些短小而密集的扶手电梯，像被跨国便利店快速取替的“士多”（小卖店）一样，散发着淡淡的尘埃气息。

中午时分逛商场比去蒂凡尼珠宝店吃早餐更无奈，只能在橱窗外傻傻地看，要摸到实物更要痴痴地等——等到下午三四时方才开店。在几乎空无一人但货物堆积的商场里乱逛，除了卖衣饰和代购化妆品的，居然还有橱窗上贴满珍藏钱币副本和邮票的小店。敢在贩卖潮流的商场里卖过时的东西，而且门庭畅旺，全因近年炒风太盛，纪念邮票有价有市，银行门口收钞放钞活动更是频繁。

曾经，这种小店是吸引儿时的我去商场的主要原因。集邮，在小学课本里永远紧接着“陶冶性情”几个大字，却没人跟你说那其实是挺花钱的玩意儿，小学生自然也不会目光远大到要把集邮册当成股票簿一样投资。兄长小时候也曾沉迷集邮，终日只懂发白日梦的我为了证明自己也有高雅的兴趣，只好跟屁虫一样学买他同款邮票。对念小学的我们来说，集那几百个邮票花掉的钱，和去苏富比拍卖场买字画不相伯仲。性情没有被陶冶，反而为了几张精美的小纸片互不相让，越发固执乖戾了。

集邮也不完全是为了斗气，那些邮票的确好看，都是澳门邮政局的出品。十二生肖、花鸟虫鱼、建筑人物包罗万象，设计耐看之余，配色印刷质量也是上乘，难怪它在世界集邮界有着很高的声誉。小城澳门，多年来一直把邮票这样的方寸之地经营得活色生香，予人惊喜。

早前往内地参与工作培训，谈及要买纪念品赠予老师，不少人想也没想就说送个“大三巴牌坊”或“金莲花”模型好了。“他们收到的纪念品足够开一个大三巴博物馆了。”活动策划人话一出口，大家静默了半天，我不知好歹地提议送澳门纪念封和系列邮票，保值、实用、不占空间又方便携带。

“在未来，每个人都有十五分钟的成名时间。”安迪·沃荷的名言应该成为澳门邮政局的宣传文案。不用等到名成利就或担当壮烈牺牲的“伟人”，在澳门邮政局，花十数分钟和六十块钱便可成为邮票的主角，皆因那里有个性化邮票的实时制作服务，不但可以印上买家的肖像，甚至能印上买家想要的字句或标语。除了是送礼佳品，也是上好的示爱或求婚把戏吧，男孩们怎么不好好利用这个必杀技呢？

2012 年 7 月 13 日

冠绝全球

苹果“教主”贾伯斯（乔布斯）辞世后几天，国际电信联盟发布的最新数据显示，中国内地一共拥有8.95亿部手机，平均每百人拥有64.04部，排在全球第150位；香港则每百人拥有190.21部手机；澳门每百人拥有206.43部手机，即平均每人拥有超过两部手机，比例冠绝全球。

要数全球第一，澳门的人口密度、赌场密度也是当之无愧。一个有五十五万人口的小城，一年进口一百七十多万部手机，出口两万多部，当中过半数给旅客买走；但内需也极强劲，一人出门，两部手机傍身，早已见怪不怪。

手机多不是因为日理万机，有时只为了追求新型号新功能。这几年正值手机革命狂潮，同时拥有一部诺基亚一部苹果并非新奇事。经常往返中港澳三地者，曾为身携两部手机烦恼，现在有了一卡两号，手机销量不跌反升。澳门因极高的手机拥有率上了国际新闻，还多亏了“教主”的伟大发明。

前两年在加拿大，身边的同学早已扬言“没有iPhone活不下去”，到美国旅行问路，途人二话不说掏出智能手机google。回澳后，星火还未燎原，但不久便眼见坐巴士、上课、上班、饭局聚会的时间慢慢变质，智能手机成了生活的中心，大家的眼睛看着它转，仿佛手机性能一落伍，就少了一把护身宝剑，无法行走江湖。

手机拥有率冠绝全球的澳门，好像很跟得上潮流，但人情脉络是否比从前更紧密无间？智能手机是把双刃剑，摧枯拉朽地增进了远距离的社交，却讽刺地阻碍了面对面的交流。

没有手机的年代，大人用的是传呼机，你一言我一语，中间隔着一个传呼员以讹传讹、断章取义。早些年的澳门中学生流行兼职当传呼员，还得经过挑选，打字要够快，咬字要清晰，兼有良好的速记和表述能力。那时无论找任何人，都要先经过传呼员这个第三者，留言都像打电报，言简意赅，过滤了情感的温度，对方的留言要是脏话或肉麻的情话，传呼员该怎么应对？但我却有点怀念那个凡事都要尴尬地经由第三者转达的年代，话语更为宝贵，讯息更有内容，相会的时光更被珍惜。

2011年10月22日

市集人生

澳门政府主办的“大街艺墟”，昨起一连三天在市中心附近的营地大街休憩区举行，听说宣传不足，人流不多。“大街艺墟”实乃本土创意市集，不过二十来个摊位，出售的大多是折纸、皮制手袋、服饰、纪念品、手绘挂画、书籍刊物、怀旧印刷品、绳结、银器、篆刻等自家手作。特别有生意头脑的档主，当然不会错过近期“开开”、“心心”两只熊猫带来的“熊猫热”，熊猫造型的小摆设卖得火是应该的。

我身边许多朋友都有摆摊经验。三五知己共投一个年宵摊位，再从内地买进一些吉祥小玩意儿，轮流当老板兼推销员过把瘾，虽然很少听说有因为摆摊而赚到盆满钵满一夜暴富，但总算赚到了创业经验。高中暑假，南湾湖畔偶然会举办小型创意市集，除了那档由青春少艾合伙的手绘文身，每次都让我蠢蠢欲试，其他货品大多平淡无趣。官也街的食物让人流连忘返，但旁边的周末市集却教人无心久留。

当传统的市集式聚落日渐消失，大家开始熟悉和信任国际连锁品牌，习惯大型百货公司或购物中心的单调动线和购物模式；年轻的一辈亦已不再受地域所限，终日足不出户网上淘宝。于是乎，摆摊俨然成为一场拒绝地产霸权的行为艺术——它打破了既定的购物习惯，让手作人和消费者有机会面对面交流，重新定义公共空间。澳门少有令人惊喜或流连忘返的艺墟或市集，因为卖的大多是习以为常的内地产品，欠缺波希米亚式的个性和热闹。卖的人敷衍，逛的人就更提不起劲了。

在机械复制时代，艺术作品不再是高不可攀的孤本，跨地代工成了大趋势，强调个体性的工匠在港澳台越来越少，全人手、纯本土制作的产品缺乏销售渠道，渐渐被消费者遗忘。有见及此，台湾出现“寻百工”计划，挖掘与推荐在地好货；面对澳门手工业的快速式微，本土历史团体也不敢怠慢，试图用口述历史的方式记录民间手作传统，但手艺乃心领神会的个人经验谈，只能师徒相授，岂可纸上谈兵。

幸好，近年全球都大吹文化创意产业之风，“手作人”变成创意与商机的化身，不再是不务正业的代名词，单是那些介绍巴黎手作人的书都看得人心花怒放。要是越来越多年轻设计师以化身“手作人”为傲为乐，在赌场以外找到他们的市集人生、品牌之路，那不单是对澳门的旅游和文化发展真正有益，连带活在小城的人们都有一种全新的淘宝经验和生活愉悦。

2011 年 1 月 19 日

趁墟

一年两次的澳门“塔石艺墟”，顾名思义就在塔石广场，下班经过，停下来看看有甚么新产品，成了舒压的逛街方式。这种文创风的艺墟，十月初五街也有。

在国际连锁店大军进驻的量贩时代，艺墟如同另类的跳蚤市集，本地和外地创作人独一无二的手作，乃是品味的体现。最让人高兴不过的，就是在艺墟淘得一个数十块钱的陶瓷吊坠，长辈看了，还以为是哪家设计名店的贵价商品。

专卖二手货的渡船街蓬溪市集，是挖宝的好地方，朋友曾在那边买到保存良好的早期澳门外销瓷。烂鬼楼那些席地的古物摊也很逗，卖货的老板总会压低声音跟你说：“《清明上河图》的真迹世上只有两幅，一幅藏在故宫，一幅在我这里……”

与“购物天堂”香港相比，澳门的货品不算新颖，品牌并不多样，型号不够齐全；较之珠海，物价也不见得特别便宜。尤其近年来澳门疯狂购物的外地旅客多了，商店挤得人心烦气躁，与此同时，网上购物更为便捷，物流、代购、代收服务一应俱全。随着澳门以人均购买力计算的GDP升上世界第三，消费力和消费意欲高涨，舶来货备受追捧，以往只有贵妇才吃得起的法式马卡龙，如今却是花样少女的日常茶点了。

澳门赌场被政府要求增加非博彩元素，会展业急速发展，大大小小的会议展览多不胜数，除了高大上的商业洽谈，也有零售式的外地食品展，周末去大型展览中心赶集买外地货更是新的消费模式，就像老美喜欢周末到大卖场采购一周所需。

广东人把“赶市集”称作“趁墟”，粤语中更有凑热闹之意。香港台湾近年和外国一样，兴起周末有机农夫市集，由农人直接贩卖平日市面上较难买到的有机新鲜农产品，省却中间的转折和代理。可惜澳门早已没有农业可言，要是能加入本土农市集这一元素，趁墟就不只是看热闹，而是真的能有一顿饱了。

2014年12月31日

黄金周与购物天堂

国庆黄金周快来了，盘算着要早起去金莲花广场看升旗的人应该不多，身边的朋友怕澳门一下子涌进太多游客，都忙着计划旅行“出逃”，好替靠不断填海而来的半岛减轻重量。

打算趁黄金周来澳的朋友请我推介行程，我问他想逛甚么。“逛街买东西肯定是要去香港啊，来澳门主要是为了吃。”“也对喔，澳门就只有一间百货公司而已。”

接下来是对方努力克制惊讶、突然想起澳门真是个小城的表情，然后是一小段的沉默，思索这对话如何在不伤害澳门人自尊的情况下继续。此时我往往会补上一句善良的安慰打圆场：“但自从外资赌场来了，澳门也多了几间购物中心，吃喝玩乐一站式一体化，在里头待上一天不是问题。”

澳门的购物方式是横向发展的，譬如市中心一字排开的珠宝店，酒店大堂旁边连绵不断但贵得只能让本地人行注目礼的名牌店，或是仿威尼斯街头有小桥流水有冷气有人造天空的购物中心，但它们不是向上发展、有透明大电梯或扶手电梯、层次分明又别有洞天的商店和百货公司。这是和港台非常不一样的购物体验。

最近听My Little Airport的新碟《香港是个大商场》，发觉澳门也越来越像“购物天堂”了（以奢侈品为主导、一般市民不敢踏入、价格高昂得要人命）。朋友以前的最大娱乐就是周末到珠海拱北地下商场淘便宜货，现在人民币升值了，都趁香港商场大减价过大海血拚，或是夏末就上网订好秋冬一整季要穿的衣服，却没有几个人想留澳消费。现时已进驻澳门的国际品牌仍相当有限，本土设计师好应趁机推广品牌，抢占市场，但实情是，本地年轻人都巴不得快点变得“更国际化”，好像系一条Louis Vuitton皮带，就能马上和世界潮流接轨。反观现在的“澳门制造”，无一幸免都在走“土特产”路线，但这真的能增加内需吗？试问有几个澳门人平日会把杏仁饼当茶点？

资本主义社会竞争残酷，老字号商铺不像黑脸琵鹭被保育，有财有势的社会人士说“与时并进”的意思是，内地自由行大客买一只手表动辄十几二十万，卖酱油的就“应该”把铺面让给表行金铺手信店。国庆黄金周，是商业比喻，也是社会事实，这期间澳门流通最多的，除了内地旅客、现金，恐怕就是黄金了，商家当然是全力以赴，重点招待远道而来的贵客，欢迎他们在“旅游天堂”吃喝拉撒，至于本地老百姓留不留澳消费，都是芝麻绿豆的小事了。

活在天堂自有活在天堂的压力，奢侈品并不能使生活更美满丰盛，我倒是眷恋充满柴米油盐老字号的人间。

2011年9月21日

山水交缠的城市

自进入所谓的“新媒体时代”，讯息的群组化已是大势所趋，视像会议、群发讯息、联机游戏，无一不在试图突破时空的局限。互联网以群组或聚落形式发展，各人的浏览习惯虽具有倾向性，但并非完全没有交集和漫无目的，我们多少会关注朋友关注的新闻，浏览志趣相近的网站，接受大数据分析后的相关信息推送。简言之，互联网也是一个“物以类聚”的世界。

“物以类聚”的结果，是“社群化”。网络的实时性、公开性和便于传播，能迅速点评公共事件，从而引起较大的关注和实时的响应（按赞 / 分享），甚至发展到实际上街参与。聚众的效果，去年让不少中东国家变天；澳门的小潭山、政改咨询等，在网上也引起热烈讨论，可惜冷嘲热讽过后，天气依然。

互联网的“社群化”和“个人化”乃共荣共生。博客、微博、脸书的流行，也进一步加剧私语化、片段式的碎碎念和文字狂欢，这一点在港澳的“ e 世代”中尤其明显。无病呻吟倒也罢了，手机的“隔离程式”才是无法拒收的赠品。

每天在公交车、电梯、餐厅，越来越多人把手机当作“金钟罩”，无视车上步履蹒跚的长者，看不见挺着大肚子站立的孕妇、冷落同一饭桌上呆坐的友人。随时有几百万股票上下？有一大堆跨国企业的并购报告等待他批阅？那些“手机控”其实都在打游戏看脸书。

除了睡眠时间，我几乎已离不开互联网，可是活在愈加挤拥的城市，越觉得有必要为自己多留几寸宁静的空间。澳门不到三十平方公里的土地上住了五十多万人，人情关系之紧密几乎是一条村的概念。楼上的邻居每天半夜跳绳、清晨练琴，换作其他城市的人想必已据理力争上门投诉了，身边的大部分亲友却只会劝我息事宁人——“上脸书吐吐苦水挖苦一下不认识的邻人便好，网上世界那么大，不似澳门街，山水有相逢呢。”上网公审有甚么意义呢？不也是一种变相的霸凌罢了？

人们以为有了智能手机，才多了隔膜；实情是希望与陌生人有多点隔膜，因而更渴求智能手机。不然少了这件“金钟罩”，大家在公共空间里目光都不知道往哪儿放，在路上碰到旧相识也没有借口视而不见。在这样一座山水有相逢的城市，我们的眼睛除了手机屏幕，已无暇欣赏山光水色，好好看一看珍爱的人脸上的细微表情。

2012 年 5 月 15 日

用武之地

买了限量版的新篮球鞋已经大半年，不算新了，可是还未穿过它到篮球场打球，在澳门要找到爱打篮球的女伴真是难于登天。篮球鞋在港澳更多被当作潮流服饰，这些上千港元的专业球鞋，被看重的是它的外形而不是专业性。

想要一个人运动，很多人会想到健身。花了大钱买了健身室会籍，去两三次就动起懒念，找各种借口不去了。我向来喜欢物尽其用，念大学时几乎每天花两小时在健身房健身、做瑜伽和普拉提，不顾手脚不协调的先天缺憾，混入跳舞课的人群中。校内唯一的免费健身器材，就是一小个有着铁丝围网的户外健身区，不时可以看到一些没闲钱上健身房的男生，在那里拿着铁饼锻炼，感觉特别像美国片里的男子监狱。

为了鼓励学生做运动，加拿大的学校不啰唆，学生除了要交学费、健保费外，还有价格不菲的健身费。但运动场地的确完善得无法挑剔，不同功能的运动场馆散布校园的每个角落，设备先进，里头的人都一脸认真，仿佛是为了追求永生般埋首做运动，谁也不敢偷懒松懈。但最重要的还是卫生意识和自律，每个人用完任何设备都必须拿公用的消毒喷雾和纸巾擦拭干净，比较少出现那种在人造皮革包裹的健身器械上留下人形汗渍，继而一走了之、四肢发达但头脑简单的家伙。

四年前的北京奥运开幕礼当晚，我和一堆华裔老美看直播，各国运动员进场时，有人问澳门有没有参加奥运？“有的话早就上报纸头版了吧。”“真的吗？但香港有哦，澳门也一定有的，说不定待会儿就出场了。”明知结果，但看到主人家最后进场，都没有澳门的影呢，空气中还是有一丝莫名的尴尬。澳门运动员出战奥运仍是个遥远的梦，澳门甚至不是国际奥委会成员。

那为什么香港却可以？第二次世界大战结束以后，掀起反殖民主义的大潮流，很多殖民地纷纷独立，国际奥委会顺应时势，在1950年通过接受殖民地以独立身份加入成为会员。港英政府早在1951年2月替香港申请加入国际奥委会，三个月后获得接纳；反而澳葡政府态度消极，迟迟不为澳门申奥。1995年，国际奥委会修改章程，订明只有独立国家才可以成为会员，澳门就这样失去了申请入会的资格，与奥运无缘。

巴西的街童，赤着脚也能踢出超水平的足球赛；这个暴发户般的小城里，有许多人拥有专业又好看的球鞋，却手无缚鸡之力，连篮球赛的基本规则也不一定懂。好的运动鞋需要用武之地，好的运动员也是，要是还没有，就先动起来再说，不然等到澳门有顶级配备顶级场地的一天，可能已经老得跑不动了。

2012年7月26日

玻璃之城

1998年，港产片《玻璃之城》横空出世，讲述人际关系在一座多变的城市里的无常与脆弱。用玻璃来隐喻面对回归大限的香港，贴切不过。

澳门也是一座“玻璃之城”，独独少了忐忑与悲情——这些玻璃都戴在鼻梁上。

澳门至今没有公开的眼疾数据，但街头巷尾都是四眼之人——近视镜、远视镜、老花镜、太阳镜、隐形眼镜，乃至仅供装饰用的平光镜或只有镜框的眼镜。眼镜再也不只是普通的医学器材，正式成为时尚必需品。

时尚潮流，在澳门很容易变成一种“火烧连环船”的状态，譬如jumpsuit连身衣、Dr.Martin厚底靴、Hunters雨鞋、Alviero Martini地图袋……一旦某类款式流行起来，就克隆般互相抄袭模仿。随着电子产品越来越普及，澳门人的近视快速加深，“四眼大军”日益增多，就连平日不化妆打扮的男女，也要名牌眼镜的加持衬托。

前些年“黑色粗胶框眼镜”成为文艺青年的标准配备，不是上宽下窄倒梯形的威灵顿框，便是鹅蛋形的波士顿框，满城都是读书人的模样。早一阵子，又再度流行玳瑁色半框眼镜，澳门仿佛一下子多了上千个少年老成的会计师。近期眼镜潮流回归金属化，英伦风的哈利·波特式圆形金属眼镜，悄悄成为雅痞追逐之物。售卖名牌眼镜的店铺遍地开花，大大小小的广告，无一不是面容姣好的模特儿戴着造型独特的眼镜，告诉你戴眼镜并非可怜可悲，而是展示品味与奢华的天赐良机。

首次戴眼镜的那种落寞，我真懂，毕竟眼镜和我如影随形多年了。我上小学的时候，澳门戴眼镜的小孩不算多，一班六十人里不到十个。小一的女同学首次戴眼镜上学，觉得好丑好丢脸在走廊哭，一众女生围着她劝了半天。我不明所然，走近一看，绽出半个笑容："你戴眼镜的样子还是很好看啊。"话音未落，她哭得更猛烈些；不会做人的下场，就是差点被群殴一顿。

现今社会不再对戴眼镜的人落井下石了，但少不免被坑。美国老牌时事节目《六十分钟》曾经揭露，时尚公司推出的名牌眼镜不过是暴利生意，看似选择众多，实质是集团式垄断，成本低廉，售价却一飞冲天，动辄几千港元一个名牌胶框眼镜，依旧渴市。澳门也未能免俗，眼镜店都是卖牌子卖款式，质量倒是其次，想找一个甚么商标都没有的普通黑框眼镜，几乎是不可能的任务。供应和需求向来互相制约，可见澳门人还是觉得镜框比镜片重要、牌子比料子要紧、面子靠银子堆叠。

无论标榜人手制、名师设计、玻璃纤维抑或钛金属，眼镜其实只是一件辅助品和身外物。有趣的是，许多澳门人不只戴着有色眼镜看人，还要戴着名牌眼镜才敢见人；澳门人除了人手一副玻璃眼镜，还有一颗容易损伤的玻璃心。

2015 年 7 月 15 日

剪发记

屈指一算，原来已光顾了同一个发型师整整十三年。染发、烫发、拉直、长发、超短发全都试过。

找发型师就像找男友，不试试看不知道合不合适，偶尔蠢蠢欲动想换一个也许更好的。我也不是那么从一而终的人，中间换过好几个发型师，在北京、韩国、加拿大生活时都光顾过当地的理发店，却每次剪完看镜子都想揍人，黑着脸离去，后来想想这也伤透了发型师的心，第二天又打电话去道歉。典型的双子座性格分裂。

我的发型师以健谈著称，对着我却一筹莫展，谈得最多的一次，是我出发去西藏之前，特意把及腰长发剪成利落易打理的短发。他先是帮我缚了一条马尾，轻轻说一句："现在反悔还来得及。"我摇摇头："到了青藏高原，不能每天洗头洗澡，长发进藏我会更后悔。"

我的发型师心细如尘，擅长察言观色，通常我只是默默翻着日本时尚杂志，听着店里最新的流行歌，偶尔瞄一眼镜子，看看头发修理到甚么程度。能让我放这样的心，除了他，就只有澳门街边那些简陋的街坊理发摊了吧。够胆坐上由阿伯操刀的街头理发椅的人，都是铁铮铮的好汉，想必事前已有大江东去的心理准备，豁出去了，还在乎甚么好看不好看。

如果你是因为王家卫的电影《2046》而决定到澳门一游，那么除了去住旧旅店，也不妨去旧式理发店剪个发，来一趟彻底的怀旧。即便不理发，进去洗洗头刮个胡子，顺道坐一坐那些被无数屁股磨得油亮的旧式理发椅，已经值回票价。当年来澳避难的上海老师傅一个接一个走了，中区和红街市附近的旧式理发店后继无人，一间接一间光荣结业。如今的“发型屋”都甚少开动那个记号般的彩色旋转灯筒，怕顾客嫌土气；随着外资赌场越开越多，外国高级连锁发型屋陆续进驻澳门，愿意为烦恼丝一掷千金的大有人在，几千块钱剪一次头发，早已是等闲事了。

不似男生每隔数月就要修一修头上的乱草，女孩子常常把理发看成人生大事——分手、换新工作、出国留学、准备单独开展一段旅程，都要有个理发的仪式。《悲惨世界》《美人鱼》乃至《小妇人》的女角，全都靠卖掉头发来换取金钱或幸福，以至我每次看真人秀《美国名模生死斗》的发型大改造环节，瞧那些小妞为了转换新发型而哭成泪人，我都觉得小题大做得不可思议，同时暗自祈盼我的发型师能长生不老。

2015年9月16日

指上风华

澳门的美甲店多如繁星，有时候小巷子里，也飘着酒精的气味。尤其十月万圣节前夕的夜晚，美甲店橱窗摆着几双美艳的假手，以及几堆排列有致的七彩指甲模版，在惨白射灯和奶黄街灯的照耀下，仿佛一部冤案鬼片。

农历新年、情人节、圣诞节，都是长甲美人数量暴增的旺季。防狼武器一样的水晶指甲，在公共汽车扶手上最为夺目，它的危险显然多于性感。以行业分类的话，美甲似乎又是银行、外币兑换店和电话公司柜台女职员的职场礼仪，每当出纳员在防弹玻璃窗后数着纸钞，我大多不是盯着她们的结婚钻戒，而是她们指上的花枝招展。

念大学的时候，我也偶尔去修甲美甲。白边的法式美甲是我的最爱，其次是涂个庞克式全黑（那时候日本电影《NANA》正大热啊），到了要穿鱼嘴高跟鞋或凉鞋的夏天，没修甲跟没修眉毛一样，根本不好意思把脚伸出大门。也试过指甲彩绘、指甲凝胶和日式闪钻水晶指甲，结果是连切菜洗碗洗脸都武功全废，往罐子里挖面霜更是高难度考验，整天像开着一辆刚下地的宝马，为早晚被剐花担惊受怕。美甲是一门不折不扣的手艺，也是千金小姐的专属玩意儿，不是我这种粗枝大叶的女汉子，能在柴米油盐的日常中招架。

修甲和擦澡一样，都是从耗损中得到升华，不同的是，擦澡只需要丝瓜布，修甲过程却要用上剪刀、锉刀、钳子、泡手碗、推皮棒、小刷子、光疗烘干器等，就是涂油，也有底油、护甲油、甲油、亮油之分，花时间费工夫，一不小心还可能弄出灰甲来，聪明的商家因此研发了快捷、简便、防水、防刮、不易干燥硬化的美甲贴纸。网上不时流出某个路边摊“智能手机贴膜哥”神乎其技的视频，但与操弄美甲贴的姑娘相比，那才是贴膜行业的开山祖。

我手残，盘个完整的髻都有困难，完全没有在家自行美甲的欲望、耐性、空档和能力。手又没有同龄人娇嫩，偏偏在台上台下讲话都手舞足蹈，拍出来的照片，莫名其妙都像为美甲店做反面广告。人越大，越想清水出芙蓉，只要指甲健健康康，天然去雕饰地无拘无束，就是天赐的美了。

2015 年 10 月 16 日

杂食

饱嗝

饮食经由文字描写、影像叙事、文化研究推而广之，已从求生本能进化为文化特色。历代夸夸其谈者甚众，我为何偏要在这个时候“谈吃论喝”呢？

继华尔街股市重挫后，中国的食品安全又成了国外互联网的新闻热点。港澳报章方才头条报道内地自由行旅客抢购进口奶粉，内地传媒随即爆出大型乳制品品牌的食安丑闻。除了护肤品外，最易受骗的大概就是食品消费者了。

“吃吃喝喝”，粤语为“饮饮食食”，既是日常课业，也是一门深似海的学问。我对所谓“美食家”的食评或饮食节目，从小就有非常复杂的心结，每个人对“好吃”都有自己的一套定义，犯不着吃专家的口水，看着他们在电视上津津有味大鱼大肉，已够自虐；听他们夸赞“这份牛肉没有膻味”、“不会死咸死甜”、“鸡有鸡味”，更是有害智商。

吃喝本为人生大事，却因其直截了当的功能性和形而下的本质，长期在知识体系中被忽视。我在澳门接受教育的年代，从学校取得的健康饮食信息近乎零——要挑新鲜肉类，不买过期罐头，瓜菜要清洗干净等等——比父母辈口耳相传的民间营养学和食疗保健更为零碎和片面，学校从来不发牛奶、水果，只派过几片厂商赞助的维他命 C 和钙片。照顾家人健康的重任到了 21 世纪，依然落在妻子和母亲身上，但谁来教导她们呢？难道只能靠充斥植入式广告的电视烹饪节目，以及不知道哪里冒出来的专家说了算？

如此看来，食谱、食疗、养生书在港澳一直高踞畅销书榜首，便不是那么难以理解的现象。食品营养及卫生应被纳入基础教育，均衡饮食和适量运动要成为“意识”、“常识”，而非“冷知识”，才能起实际作用。当牛奶、海产、农作物、家禽都躲不过被污染的命运，“谈吃”已到了必须严阵以待的应战程度，再也不仅仅是美食家和专家的谈资，和老百姓茶余饭后的饱嗝了。

2008 年 9 月 22 日

本楼煎士的

从波士顿坐四小时的长途巴士回到纽约，已是晚上8时。在Qunicy Market吃的龙虾色拉三明治和蛤蜊浓汤就早消化干净，车子的终点站刚好是曼哈顿桥边的唐人街，下车后二话不说跑去吃热粥。毕竟广东生滚粥，于我才有天生的暖感。

餐馆曾获《纽约时报》推介，老板伙计看来都是广东人。我翻翻中英对照的菜谱点了一锅猪红鱼片粥，那是我在澳门从来不会吃的组合，但今天实在想吃。仔细一看，凡是有猪红的菜都没有英译，要译不难，估计是怕吓坏洋人而已。正在想多点碟小菜下粥，却瞥见菜单上有一道“本楼煎士的”。猜了半天，不明所以，一看英译，原来是House special T-bone steak。

北京奥运前看过不少报道，说京城菜谱的英译经常是一派胡言，断章取义得离谱，早晚笑坏外籍旅客的肚子。但我在港澳所见的西菜中译，多是神来之笔，兼有古韵，就像澳门的“马介休”(Bacalhau)，乍听似书生或绅士人名，其实是葡国盐水鳕鱼的音译；香港的“瑞士鸡翅”(sweet wings)，原来是Swiss wings一词的以讹传讹，和瑞士没有半毛钱关系，却将错就错，引人遐想，趣味盎然。

澳门有一家大排档以“古灵精怪”的菜名著称，充满小市民的黑色幽默，自娱也娱人。取人名难，要独特，时辰八字相宜，注意发音忌讳又有寓意；取菜名自由多了，甚至是吸引顾客的噱头，一道“将冰山劈开”，原来是“冰镇芥兰”；“失恋鸡翼”和“初恋井”，谁听了不想要来一份？

生活的想象力永远不死，尤其在跨文化菜式上大派用场。小时候最爱的下午茶点是“法兰西多士”，不但口感甜软，名字又充满异国情调，原来闷热庶民的冰室，也因为它的出现瞬间高雅高贵起来。反之，要是把港式“鸳鸯”译作 Mandarin Duck，或直称为“咖啡混奶茶”，当下拒人千里，意趣全失。

孩提时的宴会不用交际应酬，专注吃喝即可，真是幸福。繁文缛节的门面仪式最是难耐，但我却享受猜菜牌和它的对应材料，像“发财好事”（发菜蚝豉）、“年年有余”（鱼）、“横财就手”（猪手）。中国人“做菜”、“品菜”是一门学问，“点菜”、“命名”亦如是。一道好菜，单是味道好还不够，若能听到菜名便口水直流，那岂止是美食界的一座琼楼，简直是人类文明的小山峰了。

2009 年 1 月 13 日

禾虫记

十月越来越不像十月。起床的时候是秋天，临近正午，气温又像时光倒流般回到夏天。这种温度的反差让人想起日前马尔代夫总统因为水位上升之急速，又眼见水退无期，索性在水底签署环保协议的噱头。

全球多个地区水位上涨已是不争的事实，但不变的是秋风起时，澳门仍有鸡蛋焗禾虫可吃，只是连连的台风水灾偶尔影响禾虫产量。禾虫是一种无法人工养殖的水产，只能在潮湿的泥地里靠吸食禾苗的根茎生长，货量不稳定也不常有，大多出现在珠三角一带，据说渔家会在潮起前拉起绵密的细网，等潮水退去，顺势把禾虫扣在网中。新鲜的禾虫从广东地区运到澳门后，各家自有各家的炮制方法，但以瓦钵焗最显风味，澳门老一辈都不太喜欢用焗炉，只是把禾虫清洗干净，加入鲜鸡蛋、蒜片、粉丝等材料慢火蒸熟，食用前再切成糕状，用慢火煎烘出秋天的香味。

除了广东、云南这些吃虫大省，北京夜市也以贩卖各种奇特小吃闻名。高中时，我随澳门的管乐团到京城交流，某个中音号手特别艺高人胆大，晚上吃了一串蝎子，半夜就食物中毒送到医院去了。早在澳葡管治时代，政府便有禁售狗肉猫肉的规定，对吃虫却没有任何干预。禾虫卖相差，但蛋白质奇高，想要展现威勇，同时满足口腹之欲和补身子的话，吃禾虫比吃蝎子要强得多。

澳门以澳葡菜闻名，保留了葡国菜重咸味和烧烤为主的特点，长辈多嫌吃后容易上火不适，觉得只是粗菜粗做，不够体面。谈起吃蛇虫鼠蚁珍禽猛兽的经验，长辈们可是战绩彪炳，尤其周末晚上一边吃饭一边看饮食节目，眼前的餸菜虽然都给比下去，往事却更教人回味：“想当年回乡探亲，有穿山甲、蛇羹……小时候穷，夜里去捉老鼠吃也试过！”后来细心的北方朋友约我吃饭，总是顾虑到大江南北口味的不同：“有甚么忌口的吗？香菜？海鲜？牛肉？蒜？”我总是自豪地回答：“你没听说广东人除了椅子桌子，凡是有四只脚的东西都能吃吗？”

2009 年 10 月 20 日

食客三千的时代

平日很少下厨，亦甚少买菜谱。客厅的茶几上，香港美食杂志却渐渐堆积如山，心想：又不是常常渡海觅食，对岸开了几间新餐厅与我何干？

但无聊时一页一页翻着，里面的食物卖相诱人至极，详细报道哪里的菜好吃，如何的好吃，怎么做才好吃，也是赏心悦目，这类杂志以年轻读者为目标，所报道的餐馆价钱大多很平民化，不至于可望而不可即。饮食杂志不同于时尚杂志，一个手袋可以重复用上三年五载，但一天三顿饭，菜式总不能重复又重复，“贪新鲜”在美食界，成了天经地义；年轻人忙应酬、忙聚会、忙拍拖，外食变成生活中不可避免之事，“挑食”也不再被视为恶习，而是品味的展示，林林总总的饮食杂志如雨后春笋般涌现。

澳门好吃的餐馆很多，从米芝莲三星食府到惊为天人的平民小吃都有，但毕竟地小，每月的新菜式和新店铺有限，风吹草动都很容易引人注目，口耳相传的速度极快；加上出版业不发达，有报纸每周的美食推介就够了，没有专门的饮食杂志是可以理解的。

然而澳门没有像样的美食讨论区和搜寻器就颇让人费解了。在大城市如纽约和北京，每次提议上馆子试新菜，朋友二话不说便掏出手机上网找去。前阵子和朋友吃饭，一位学弟惊讶于内地民众在某大型点评网对澳门美食的讨论，已经远远超过澳门本土。和许多朋友究其原因，大多认为澳门地小，好吃的小店早已街知巷闻，遇上美食，用手机拍下来贴在脸书炫耀就够，何必自讨苦吃回家作文？

近年米芝莲把澳门也纳入品评视野，不过是变相的旅游指南，勾勒出美食地形图而已。曾经为了外地朋友的远道而来，提前四出明察暗访，单是美食指南就看了好几本，结果还是朋友的目测功力深厚，在旧区随意逛了一圈，所吃所喝都是平日习以为常、风味极佳的地道小吃。澳门许多老字号或家庭式小店都不喜欢做宣传推广，有麝自然香，生客暴增，得失了熟客，生意反而不好做，自己也累垮；作为本土居民，当然不想跟游客人挤人，我还蛮喜欢这种单靠口耳相传和目测的饮食文化。

21世纪是“食客”三千的时代，美食不再根据一两个专家的口味而定，权力的运作往往以众数呈现，大众的经验更被信任。从讨好食评家和游客，还原到讨好每一位“食客”，饮食业似乎又回复了它的根本精神，回到百家争鸣的时代去。

2011年5月23日

上馆子打卡

朋友请我到一家高级扒房吃饭庆生，刚坐下，就有人掏出 iPhone 说要“打卡”。

奇怪，朋友正和他女友在我对面并肩坐着，又已是下班时段，到底是要向谁报到？原来此打卡非彼打卡也，不是让人嫌恶的上下班报到，而是手指摸两摸，用手机在脸书的地标功能汇报行踪。美其名是记录生活轨迹，或是供一个人上馆子时，查看会不会碰巧有朋友在附近，但“打卡”的实际功能不外乎炫耀，特别是在高级餐厅或酒吧。

手机、互联网和饮食的结合，与上馆子文化和享乐风气有关。试菜后上网写食评，大概是国富民强的端倪，正因多了闲钱上馆子、多了好馆子可以上，见识广了舌头被训练多了，便渐渐在吃喝上讲究起来，“食家”不只成为职业，更成为被公众追捧的明星，其他饮食副产品如食谱、食评、饮食杂志、饮食网站、饮食讨论区、餐饮团购亦应运而生。同样是少见世面的反映，用手机拍摄菜式后上载至讨论区或撰写游记，尚有点众乐乐的热闹和功德；若只到餐厅“打卡”，便是“某某到此一游”的炫富行为了。

所谓“富过三代，才懂穿衣吃饭”，澳门的突然富贵也不过发生在这几年间，中产阶级将生未生，致使餐饮业也呈现出奢华与庶民的两极化。赌权开放前，澳门滴漫着小乡镇的慵懒气氛，高级食府数量有限，没有哪间馆子让人觉得绝对高不可攀。直至博彩加休闲旅游的经营策略拓展了国际客源，各赌场为摘得米芝莲那几颗星星，一方面致力以精致化的高级食府招徕高端豪客，又以拉斯韦加斯式的All you can eat 自助餐安抚赌徒输钱后的空虚，误导众人以为暴饮暴食等同于高级饮食。幸好澳门人浅酌轻尝的小吃文化，以及追鲜求活的小炒传统力保不失，室内大排档和茶餐厅因轮班工作的荷官而越发兴旺。哗众取宠的咖啡馆却不成气候，金玉其外；幸好家庭式葡式小餐馆温馨犹存，安慰人心。

话说回来，最理想的“打卡”情状，不应是机械性的炫耀，而是那种早上八点或下午三点一刻，有人一脚踏入小店，伙计随即大喊一声：“咖啡，多奶少甜。”当伙计左手捧着咖啡来打招呼时，一份该出现的油多蛋挞已经捧在右手了。

一个人倘在茶餐厅乃至高级餐厅也能混出这样的亲密熟稔，就离真正的富贵不远矣。

2011 年 7 月 28 日

夜市人生

素有“小吃之都”美誉的台北，近期因整治师大夜市引发两岸四地热论，不少弄巷中有名的商店及咖啡店陆续迁出，住在师大夜市附近的朋友说，颇有抄家灭族的感觉。

港澳友人听到消息后不免纷纷慨叹，夜市一旦消失，想必也少了口福和“扫街”的乐趣，更怕得来不易的小吃文化彻底消失。

我虽然经常抱怨澳门没有像样且价格亲民的刀削面、葱油饼、豆浆烧饼，但论味道论诚意，澳门小吃绝对不输港台两地。澳门作为移民城市，虽以粤菜为大宗，东南亚和葡国料理的影响也很深远，小吃如双皮奶、葡挞、猪扒包、木糠蛋糕等早已远近驰名，其他如鱼汤粉、椰汁鸡面、猪脑面、牛杂、印度尼西亚小吃、马拉盏捞面、辣鱼通心粉、火腿蛋公（公仔面，且常常是出前一丁）等，合力筑起一道比文化遗产更诱人的风景线。

澳门的夜生活有多精彩，看看赌场整夜闪烁的霓虹灯便可窥一斑，但澳门没有因此理所当然地设有大型夜市。澳门想要仿效台湾办夜市吸引旅客，民间和政府讨论了多年还未能成事，除了每年大赛车期间由政府主办的澳门美食节，民间偶尔自发组织的则有三盏灯东南亚美食节、新桥区永乐戏院前的“莲溪夜市”，以及康公庙附近的“康公夜市”。早些年，还有“旧皇宫”前的“大笪地”，以及南湾酒吧街等，但旅客人数少，单靠居民撑不起众多声色犬马的场所，也没有那么多精力天天吃喝玩乐。2002年赌权开放以前，澳门的经济一潭死水，不但访澳旅客数据惨淡、留宿率低，本土消费市场也很疲弱，加上土地面积不大，民居集中，私下摆摊被抓的几率几乎是百分百。那时民间提出办夜市，正是不想忍受高昂的铺租，同时在合法的途径下自救，不用为随时随地“走鬼”而担惊受怕。

有些人认为在全球化时代面对新兴经济体的冒起，应把注意力放在经济结构的大转型（如科技、中草药、教育、文化创意产业等），着眼于本土小吃而不推广省会级菜系，不过杯水车薪，无助于提升城市竞争力。但小吃文化之于一座城市的重要性，并不比大型产业低——澳门已全然转型成世界级赌城及不夜城，想当“文化名城”还需努力，“小吃之城”则早已众望所归，实乃“无冕之王”了。

小吃大概是饮食文化中最具体最可亲的一类，舒国治的《台北小吃札记》是平淡中的绘形绘色，实地到访，把小吃捧在手里三两下吃完没有负担，很是满足感恩。又因为小吃是文化越混杂便越丰富的产物，是先天的历史地理条件，加上后天的敬业创新精神使然，非生搬硬套便能顺利移植存活。夜市亦然。

2012年4月11日

与庶民觅食

政府最近有关西湾湖边建夜市的提议，坊间反应巨大。西湾湖向来是澳门最宁静的公共空间之一，也是澳门人的失恋疗愈圣地，一想到往后的失恋者失意人，要对着人来人往的夜市喝闷酒，我情感上确实不支持玷污这块“净土”。

我不反对澳门设夜市（要出现的话其实挡也挡不住），也自问对城市和经济多元发展的态度不算保守，但美食产业并非空降、横移的，而是需求供给、适者生存的市场生态的结果，是靠一张张“看得见的口”来运行的市场逻辑。这就是为甚么像台湾的庙前、圆环、菜市场前地等人流聚集处、有利可图处，常有十数个极好吃的小吃摊身经百战仍屹立不倒。澳门并不缺“深夜食堂”，晚上经过沙梨头、筷子基、关闸、三盏灯一带，很难抵得住诱惑不停下来买点吃的。

街市旁边常有好吃的熟食，这是不变的真理。每次到国外，我都会把握机会造访当地的农夫市集、菜市场或海产市场，像波士顿的昆西市场、渥太华的拜沃德市场、多伦多的圣劳伦斯市场等，都没有令我失望过。新加坡的“牛车水巴刹”也是如此，有些甚至由单纯的菜市场发展成规范庞大的熟食中心，像老巴刹、麦士威熟食中心都是从早到晚人头涌动，去这些熟食中心大吃大喝，更成了旅途中的重要行程。

近年因工作关系，我经常在雀仔园街市外围的小吃摊觅食，但伴我成长的庶民滋味，则是祐汉街市熟食中心赐予的——今年它终于和成衣档一起搬到新大楼了。把户外小吃摊迁入室内的管理措施已经实行多年，有利有弊，看报道说："各小贩均有独立熟食厨房，前台为开放式饮食区，地方宽敞设有多张餐台和座椅，楼层均装有冷气设备，一改过去街市熟食中心长年翳焗闷热的经营环境。"环境变了，不晓得那些价廉物美的小吃味道是否一如往昔？像营地街市、下环街市的熟食中心，不仅食物价格便宜，也有不少难得一见的怀旧小吃（如茶果汤、红豆糕、冷糕等），那是上班族的饭堂，学生们的下午茶室，考验老饕们功力的竞技场。

政府的角色，在干预与支持间往往只有一线之差。真心要推广澳门小吃，不妨从宣传、完善熟食中心做起，既可吸引游客深入小区，也可带旺附近的商铺。怕街市臭气熏天影响澳门形象见不得人？澳门已经有许多高级餐厅可以满足财大气粗的赌客，就让识货者去熟食中心寻找庶民美食吧。民以食为天，爱吃宵夜的城市自然有夜市或深夜食堂在人流交汇处出现；进入互联网和物流世代，往后可能连夜市都不用，直接上网下单便有宵夜送上门了。扶持和硬塞是两码事，希望做城市规划的人不要搞错。

2012年11月28日

手信二三事

初到北京，少不了带点澳门特产送同学。手信，是广东的说法，后来学台湾的说法，改称“伴手礼”。买手信送朋友，有几个简单的宗旨，一是方便携带，二要易于保存，三须实用（若是食物，则至少要好吃），四是澳门以外买不到。

我其实不喜欢收到朋友的手信。人与人通常互不理解，不合用的手信往往成了多余的负担，独立包装的小零嘴便于分发但非常不环保，然而千里迢迢的心意必须感激收下。买手信给朋友，于我更是考验与煎熬，尤其是大费周章搜罗的产品，往往来自不重视包装但质量上乘的老字号，却被嫌弃被人嗤之以鼻——该怎么说呢？这还是一个看脸的时代呗。

观光客的手信清单一向是有趣的参照体，本地人习以为常的鱼眼，有时是外地人眼中的珍珠，所以我总留心机场旅客的购物袋、旅游书及网上提及的所谓“澳门特产”。试问有几个澳门人闲来无事会跑去买杏仁饼和蛋卷？我都忘了有多久没吃过那让旅客魂牵梦绕的葡式蛋挞和猪扒包了。港澳特产，往往不是日常消耗品，而是偶一为之的馋嘴。

外地旅游节目介绍澳门，美食通常大同小异，景点路线中规中矩，唯独对各式伴手礼的说词最别出心裁。充满活力的旅游节目主持人钻进商店，挖出一大堆中葡街道名牌锁匙扣、葡国变色公鸡木偶、赌场筹码骰子造型摆设，明明都是俗透了的无聊物品，却被他们说得天花乱坠，百年难得一见，好像澳门人家里都有一件。旅游局若要聘请海外推销专员，他们都是奇才。

澳门手信之繁杂，促使商家建立推广为名、推销为实的“手信博物馆”。数一数近年来澳旅客的购物清单，杏仁饼、蛋卷、肉干、老婆饼、蛋挞、花生糖、姜糖早已远近驰名；奄仔蟹、虾膏、虾酱、咸鱼、凉果、虾子花生等经典手信被冷落遗忘；价廉物美的葡萄牙红酒越来越被饕客欣赏；外国奶粉、名牌皮包皮鞋最受内地旅客喜爱；炒卖风潮正盛，制作精良的澳门邮票也被疯抢；本地从事文化创意产业的设计公司摩拳擦掌，纷纷推出实用性高又兼及本土特色的日用品，算是为澳门手信开了新局面。

五洲最登峰造极的手信市场之一，是台湾，尤其是糕点零嘴、水果、护肤品、书籍、小玩意儿，让旅客老是在行李超重的边缘。至于香港这座充满名牌奢侈品、参茸海味和高级电子产品的“购物天堂”，只有想不到，没有买不到，偏偏香港某饼店打出响亮的广告语：“香港终于有手信了！”危言耸听之余却带几分真话，像我这类穷苦大众，往返香港经常是两手空空、一肚肥肠——买不起黄金，还是可以吃一碗云吞吧。

现在的澳门，宣传标语除了俗套的“澳门欢迎您！”，就是让观光客眼睛发亮的“澳门又有新手信！”然而澳门的手信不分新旧，除了吃还是吃，买多了送朋友，我就成了他们体型暴胀的嫌疑人了。

2013 年 4 月 16 日

带走一片云彩

在澳门生活，稍为失去定力，大概就会变成胖子和酒鬼了吧。读者们大概会反驳，在北上广、伦敦纽约不也这样？哪个全球化城市不危机四伏？

澳门东西交汇而成的口腹诱惑，不仅仅是资本主义的操作，还充满历史的偶然性和城市发展的有意为之。近年澳门致力成为中国与葡语国家商贸合作服务平台，朝着葡语国家食品集散中心的目标进发，也是因为澳门和葡语国家四百多年来的特殊联系，从未间断地反映在饮食文化当中。

放眼大中华地区，唯独在澳门能轻易买到葡语系国家的食材，价廉物美、种类繁多的葡萄酒唾手可得，葡萄牙海盐、急冻鳕鱼、风干火腿、羊奶奶酪应有尽有，舶来货的价格，和在葡萄牙本土不相伯仲。葡语国家食品展示中心和葡萄酒博物馆，不时有试吃试喝的服务，供旅客、顾客乃至商家体验澳门在饮食文化上的独特优势。吃腻了杏仁饼的旅人，不妨来澳门买点橄榄油、沙丁鱼罐头，甚至带一瓶余韵无穷的葡萄酒回去，送礼自用皆宜。

对吃喝没有追求、对精神食粮倒是很重视的人，在澳门也有寻宝的乐趣。有时外地友人想买点特色伴手礼，我推介他们去逛逛澳门各个博物馆的礼品区。澳门艺术博物馆礼品店的展览画册，全是物超所值、内行人追捧的上等货色；精致的首饰茶具虽非本土制作，但价格相宜甚有看头；书店里的土生菜食谱，更是专业吃货的压箱秘籍；海事博物馆的帆船模型、消防博物馆的限量衬衫、邮政局的迷你邮筒摆设、澳门博物馆的葡式瓷砖造型杯垫、民署总署的立体纸雕，也是一期一会的在地小玩意儿；还有在各家小店寄卖的本地文创产品，都能成就独特的纪念。亲爱的读者请相信我，千人一面的大三巴牌坊磁贴、葡国公鸡装饰或赌场筹码钥匙圈，不会让收到礼物的朋友爱你多一点。

“悄悄的我走了，正如我悄悄的来；我挥一挥衣袖，不带走一片云彩。”诗人徐志摩再别康桥时如此洒脱，可谓自由行旅客的道德模范。网民讽刺内地土豪在港澳只买金表金条，逼使铺租上升小店结业，指责水货客狂扫化妆品、日用品及保健品，还导致人心惶惶的奶粉荒。资源分配不均，讯息不对称，往往是城市中众多诱惑和矛盾的起端，与其对旅客实施严格的限购，心生厌恶与排斥，倒不如想想如何开发和引进新品牌，向充满好奇心的旅客，分享城市四散而隐秘的美。

2016 年 7 月 14 日

深巷咖啡香

澳门的羊肠小巷甚多，近年商铺租金加幅惊人，新店都待不久，若一阵子不经过某区，再去便似是而非，因为店面的颜色和外貌把巷子都改变了。

城市的氛围除了建筑物、街区、交通设施等硬件，气味、烟尘、日照、街影等也是主要的组成部分。用“翻天覆地”来形容回归后的澳门城市景观并不为过，但如果说澳门连气味都改变了的话，可不是那泛滥的铜臭味（全都筹码化和电子化了），大抵来自酒店、赌场和百货公司一式一样的空气香精，幸而还多了淡淡的咖啡香。

平日不喝咖啡，主要因为身体不太能接受，别人越喝越精神，我却一喝就困，闻咖啡香倒是乐事。当年好友拿到博士学位入学通知，在澳门赋闲半年等待去加拿大深造，她看见某著名国际咖啡连锁店请见习店长竟也跑去应征，说反正只是为了打发时间，要是能闻着咖啡香上班，就算给她最低工资也没甚么好抱怨。

开咖啡店是许多文艺青年的梦想，偏偏澳门那些数不胜数的电话访问，调查结果都说澳门青年是不会造梦的一群。旅客走在旅游区市中心的金铺，当然闻不到梦想的气息，若钻进旧区那些四通八达的横街窄巷，还是有那么一点清新的惊喜。澳门产业结构单一，留学回来的年轻人索性投资创业，引进西方的咖啡文化，咖啡店像森林野菇般在小巷弄冒起。加上居民收入上升，中产和白领近年闲钱也多，喝咖啡成为一种品位的呈现和流行风尚，单品咖啡备受追捧，连中学生都富贵得天天中午泡咖啡店。这边厢，星巴克因无法承受天价铺租，被逼迁出市中心议事亭前地，引来网上一片感慨之声；那边厢，各式咖啡甜品小店此起彼落，到新的咖啡店试新的咖啡豆，成了无聊日子里可负担的乐趣。

挑剔是一种瘾，人手不够、上菜太慢、咖啡杯太厚身、鲜奶不够温、餐具不实用、服务员不专业、背景音乐太大声、墙壁油漆颜色不对、灯光过分刺眼、餐牌上的字太小……然而那些为西式咖啡店文化和“文艺沙龙”在澳门还未成形而感慨，以及取笑澳门咖啡店虚有其表的人，是拿欧洲咖啡的小资情调，丈量茶餐厅的在地草根。作为一个不迷恋咖啡因但挑剔成瘾者，我至今仍很排斥澳门的咖啡店，想喝咖啡奶茶，宁愿造访庶民流连之地——咖啡够香，真的不怕巷子深，路环传奇手打咖啡和营地街市驰名瓦煲咖啡奶茶，吸引游客来寻幽探秘，其实就是本土该引以为傲的产物。

2013 年 7 月 31 日

春困

回南天，澳门潮湿得像一块渗满水的抹布，躺在黏稠的地板，慵懒地享受着春困。这时候，谁不想窝在被子里做暖洋洋的春梦呢？但在相对湿度百分之一百的日子，大家都得爬起来想想应对水汽的办法。

抽湿机已必不可缺，铺地板用的旧报纸、旧纸箱，衣柜用的吸湿挂袋，睡房中的香氛蜡烛等，都是迎接春天的排场。雪柜、墙壁、天花板……连平日不流汗的家具，也陪我们一同沐浴在水分中，韩国造的电视机，更是潮湿得要开启十分钟以后，剧中人才从面目模糊的状态下还原身材轮廓。

阴雨连天，太湿太滑，浓雾围城，又没甚么迷人的春花可看，澳门不是春游的理想地点。却又正因为雾锁深春，能见度低，各种奇形怪状的酒店高楼暂时在视野中消失，让小城回复一种久违的纯粹。三月的雾雨，让小城顿时充满腾云驾雾的仙气，这个只能维持两三天的临时天堂，没有孕育出圣人神仙，倒是趁着梅雨时节，把所有人都变成无可救药的浪漫派——一觉醒来，新天新地，一切只如初见般充满遐想。但浓雾不过是留给不用做家务的人欣赏，对大部分上班族和家庭主妇来说，那只是恼人的存在。

解除春困，广东人法子很多，去湿汤水尤其重要。土茯苓、粉葛、赤小豆、扁豆、红豆、薏仁、淮山等，都是春天的味道。北方人念兹在兹的香椿倒是很少见。懒洋洋的日子，下厨也乏力，煮一锅热汤才压得住春寒料峭。

我最不喜欢的季节，正是充满霉味的春天，家里的东西都像约好似的，一起盛装赴宴般大规模发霉。门窗要一直紧闭以防春潮，衣服老是干不透，木筷子一脸惨绿惨白，阳台的葱和芦荟开出花蕊引来蜜蜂，街上的大蟑螂开始横行无忌……种种的可恶，也是生命的种种美好，浓雾围城，意味着阳光充沛的夏天快将来到。

2016 年 3 月 28 日

生猛的黄昏

黄昏时分，常感精疲力竭，混在红街市的人潮中，突然像打了鸡血。一楼的海鲜区永远热闹非凡，人来人往，气味强烈，卖脆肉鲩的老板仿佛刚去完凶案现场，血迹斑斑拿着电动刮鱼鳞机应接不暇。

宰鱼的血、活鱼的水，不时溅到顾客脸上。那些一个翻身挣脱出贩卖台、重重摔到地上的鱼和虾，又被忙着选购海产的客人帮忙拾起，被丢回去那个没有盖的刑场。有膏的斗门奄仔蟹被粗水草五花大绑，大连来的鲜鲍惊惶中紧紧依偎，只有无沙花甲看破世情般吐口水……今天准备做香脆的鸡蛋蚝饼，于是要了半斤皮光肉滑又一脸无辜的福建蚝仔。

想体验澳门的生猛，必须黄昏时到菜市场走一趟。那种庶民的热闹，食材的惊喜，以及琳琅满目的乐趣，不是网购或超级市场可以给予的。粤菜重鲜，海鲜正是粤菜的灵魂所在。

猪牛肉和家禽区当然是另一番风景，早上是它们的黄金时间，到了黄昏只剩下不那么新鲜的剩肉了，那时候的肉贩会更热情地向你招手，有更多心思一边用火枪去毛，一边跟你闲聊。“一斤猪手。”“做姜醋？”“话梅醉手。”“用甚么酒？”“绍兴花雕。”“识货！但泰式猪手更好吃，不像葡国红豆猪手，吃不腻。”“怎么做？”“柠檬叶、香茅、番茄、鱼露……炆五十分钟。”

卖菜的大概见我年轻，很喜欢出试题考我，我也喜欢和他们切磋。“粉葛用来炆扣肉？”“最近潮湿，和鲮鱼赤小豆猪展一起煲汤。”“两个佛手瓜煲汤不够味的。”“不怕，我加五指毛桃。”没有比赢得菜市场摊贩识英雄重英雄的眼神，更让我感到自己是个真正的老广。

买完菜要是尚有空当，我会到红街市周边的水果档晃荡，这样又不免要经过排长龙的牛杂粥和糖水档。天意如此，就只能顺理成章坐到街边的胶椅上，大口大口地吃一碗。吃到心满意足，再去扫荡那些因收档清货、被分成十块钱一份的新鲜水果。

提着沉甸甸的食材回家，鲍思高粤华小学派出风纪小学生在斑马线前拉起游绳，一个胖小孩在路中心举起大大一个“停”字的牌子。赶着回家吃饭的一众电单车司机，在离他只有三厘米处煞停，小胖子却从容不迫，毫无惧意。生于斯长于斯的澳门人，面对鲜活生猛的黄昏风景，就是有这种慑人的淡定。

2016 年 5 月 18 日

跋

此书主要是我 2008 年至 2016 年间在点心卫视的网上平台“点心网”的专栏结集。专栏由广州、香港、澳门三地的作家书写各自的城市生活，每月两篇，却因此给了我美好的借口，时刻留意澳门的日常细节，重新审视这座熟悉又陌生的城市。起初我也怀疑小小的澳门，有没有足够的题材值得书写，结果撰写这些文章的八年间，恰巧是澳门赌权开放后、城市发展最为急速的一段时间——日新月异的大桥、马路、人行道、公共广场、商店、百货公司、购物中心、天际线、海岸线、区域融合——城市的改变，也意味着生活的改变。

我对城市学和空间研究一向很感兴趣。深受本雅明《拱廊街计划》中的“漫游者”（Flâneur）和《机械复制时代的艺术作品》中的“灵光”（Aura）的概念影响，在城市边缘和角落随心而行，搜索那些一闪即逝、无法复制的生活光景，试图用眼耳鼻舌身重塑当代城市的空间经验。这些文章与其说是写出来的，更像是走路走出来的。空间不只是单纯的、单一维度的地理概念，它可以是记忆深处的片段、一道灯光、一张饭桌、一朵花开花落……作家的责任除了想他人之未想，还要把平日视而不见之物，珍重地放到人们面前。

这并非供人按图索骥的旅游指南，而是呈现澳门文学地景的尝试。澳门的美好角落又怎会只有120个？当中会否也有黑暗、腐朽与崩坏？澳门永远是待续的故事，我不过是记下她驳杂的此刻此时。

日子有喜有悲。有光明也有幽微。但只要你深入她的肌理，这座小城便从未停止给人惊喜。

图书在版编目（CIP）数据

拱廊与灵光／袁绍珊著. -- 北京：作家出版社，2019. 5（2023.2重印）
（澳门文学丛书）
ISBN 978-7-5212-0241-0

Ⅰ. ①拱… Ⅱ. ①袁… Ⅲ. ①散文集－中国－当代
Ⅳ. ①I267

中国版本图书馆CIP数据核字（2018）第226400号

拱廊与灵光

作　　者：袁绍珊
责任编辑：宋辰辰
装帧设计：棱角视觉
出版发行：作家出版社有限公司
社　　址：北京农展馆南里10号　　**邮　　编**：100125
电话传真：86-10-65067186（发行中心及邮购部）
86-10-65004079（总编室）
E-mail:zuojia@zuojia.net.cn
http://www.zuojiachubanshe.com
印　　刷：固安兰星球彩色印刷有限公司
成品尺寸：133×214
字　　数：218千
印　　张：9.5
版　　次：2019年6月第1版
印　　次：2023年2月第2次印刷
ISBN　978-7-5212-0241-0
定　　价：39.00元

第一批出版书目

王祯宝《曾几何时》

水　月《挥手之后还会再见吗》

邓晓炯《浮城》

未　艾《轻抚那人间的沧桑》

吕志鹏《在迷失国度下被遗忘了的自白录》

李成俊《待旦集》

李宇樑《狼狈行动》

李观鼎《三余集》

李鹏翥《澳门古今与艺文人物》

吴志良《悦读澳门》

林中英《头上彩虹》

赵　阳《没有错过的阳光》

姚　风《枯枝上的敌人》

贺绫声《如果爱情像诗般阅读》

袁绍珊《流民之歌》

黄坤尧《一方净土》

黄德鸿《澳门掌故》

梁淑淇《爱你爱我》

寂　然《有发生过》

鲁　茂《拾穗集》

穆凡中《相看是故人》

穆欣欣《寸心千里》

以上按作者姓氏笔画排序

第一批出版书目

曾几何时
王祯宝／著
Colecção Literatura de Macau
作家出版社
曾几何时
挥手之后还会再见吗
浮城
轻抚那人间的沧桑
在迷失国度下被遗忘了的自白录
诗旦集
狼狈行动
三余集
澳门古今与艺文人物
悦读澳门
天上彩虹
没有错过的阳光
如果爱情像诗般阅读
流民之歌
一方净土
澳门掌故
爱你爱我

第二批出版书目

太　皮《神迹》

尹红梅《木棉絮絮飞》

卢杰桦《拳王阿里》

冯倾城《未名心情》

朱寿桐《从俗如流》

吕志鹏《挣扎》

邢　悦《被确定的事》

李烈声《回首风尘》

沈慕文《且听风吟》

初歌今《不渡》

罗卫强《恍若烟花灿烂》

周　桐《除却天边月没人知》

姚　风《龙须糖万岁》

殷立民《殷言快语》

凌　谷《无边集》

凌　稜《世间情》

黄文辉《历史对话》

龚　刚《乘兴集》

陶　里《岭上造船笔记》

程　文《我城我书》

程祥徽《多味的人生之旅》

以上按作者姓氏笔画排序

第二批出版书目

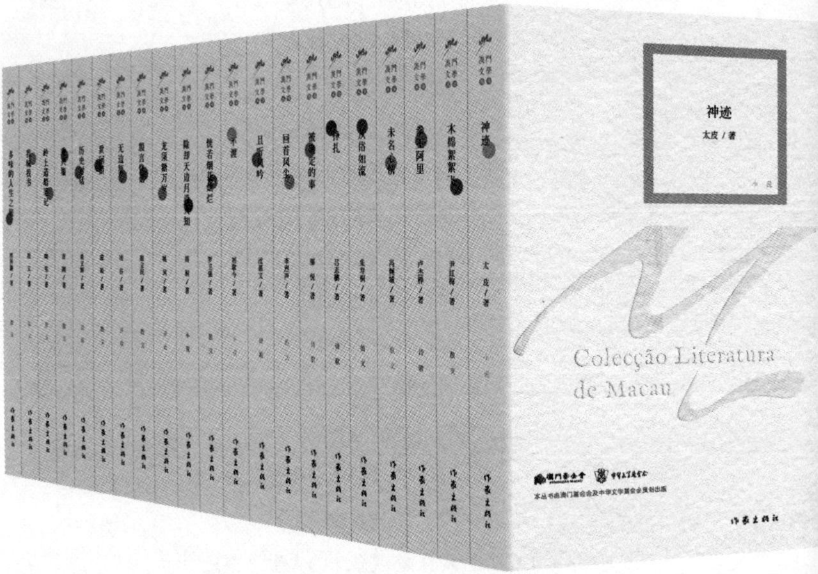

第三批出版书目

太　皮《一向年光有限身》

李文娟《吾心吾乡》

何　贞《你将来爱的人不是我》

陈志峰《寻找远方的乐章》

吴淑钿《还看红棉》

陆奥雷《新世代生活志：第一个五年》

杨开荆《图书馆人孤独时》

李嘉曾《且行且悟》

卓　玛《我在海的这边等你》

贺越明《海角片羽》

凌　雁《凌腔凌调》

谭健锹《炉石塘的日与夜》

穆欣欣《当豆捞遇上豆汁儿》

以上按作者姓氏笔画排序

第三批出版书目

澳門文學丛书